まだらな黄昏《たそがれ》

槍沢 木音

YARISAWA Kyon

文芸社

目次

プロローグ　初めの出来事　6
認知症疾患外来　13
番町小学校　35
元祖山ガール　38
いざ漕ぎ出でん蒼《あお》の湖《うみ》　42
蝋梅《ろうばい》の花と狼狽《ろうばい》の道　51
仲良し　62
すいとんパーティー　71
詐欺《さぎ》の危機続々　76
一恵の再来　87
二重人格？　まだらぼけ？　99

あたしゃ、病院大好き　107
ピンコロを目指したけれど　129
要介護1の壁　139
時雨ぞ　冬の　はじめなりける　158
黄昏症候群　174
どんぐり　落ちた　180
エピローグ　黄昏悲し　189
あとがき　202

まだらな黄昏《たそがれ》

プロローグ　初めの出来事

それは突然始まった……ように思えた……。

十二月中旬の寒い夕方六時、外は既に真っ暗、薪ストーブの薪が程よく熾《おきり》になりだした頃、家の中に、滅多に鳴らない固定電話の呼び出し音が鳴り響いた。ソファのお気に入りの場所でうとうとしていた愛犬プーがビクッとして短くウーッと唸った。薪ストーブの上で煮込んでいる夕食用のシチューをかき混ぜていた聡子《さとこ》は慌てて電話に飛びついた。

「安川《やすかわ》さんのお宅ですか？　こちら中綱《なかつな》警察署の仁科《にしな》と申します。渓《けい》さんはご在宅ですか？」

「渓はまだ仕事から帰っていませんが、何かありましたか？」

「失礼ですが、あなたは渓さんとどういった関係の方ですか？」

「私は渓の妻で聡子と申します」

「渓さんの奥さんですね」

「はい。渓が、ど、どうかしましたか？」

「実は今、署の方に安川道子《みちこ》さんという方が来られておりまして、車を盗まれたと言っているのですが、認知症ではないですよね？」

道子は渓の母で、聡子には義理の母だ。

「え、え〜。認知症ではないです。しっかりしているお婆さんのはずですが……」

「そうですか？　現在、署の方で盗難されたという車を捜索中です。旦那さんと連絡は取れますでしょうか？　道子さんから番号を聞いて携帯に連絡しているのですが繋がらないので、こちらにご連絡しました」

「そうなんですか。お手数かけてすみません。渓にはこちらから連絡してみます。学校の教員なので、授業中や会議中に携帯が繋がらないように設定しているので、すみません。母は今、どうしているんですか？」

「署内のベンチに座って本を読んでいます」

「わかりました。お世話になります。よろしくお願いします」

「では、一旦失礼します」

（ヤバいヤバい、どうしちゃった？　みっちゃんどうしちゃった？　こんな木枯らしが吹く冬の真っ暗な中、みっちゃん何してるのさ。渓ちゃんにメールしなきゃ。この時間なら携帯の電源入ってるかな？）

聡子は（渓も）、道子のことを普段、「みっちゃん」と呼んでいる。

慌ててスマホで渓に電話した。かけ続けて何回目かにようやく渓が電話に出た。

「どうした？　何回も着信があったね。何かあった？　中綱警察からも着信あったし、大丈夫？　事故？　怪我してる？」

慌てた様子で立て続けに質問してきた。

「大変だよ。メールでも書いたけど、みっちゃんが車盗まれたって言って、今、中綱警察にいるんだよ」

「はあ？　どういうこと？」

「認知症ですかってお巡りさんに一番先に聞かれたよ。そんなことありません。しっかりしたお婆さんのはずですって答えたけど」

「だよな。しっかし困ったな。今から警察に連絡して行ってみるよ。あんまり心配しないで待ってて。じゃあね」

電話が切れた。何だか背筋がゾワゾワした。

二時間ほどして渓から電話があった。

「今、みっちゃん家《ち》、車見つかったから安心して。詳しいことは帰ってから話す。もうすぐ帰るから。じゃあね」

早口で用件だけ言って切れた。

(よかった。警察から帰ってきたんだ。それにしてもこんな真っ暗な寒空に何が起こったんだろう? 物騒な世の中だねぇ)

ほっとしつつも釈然としない。得体の知れない不安で胸が苦しくなった。渓の帰りが待ち遠しかった。

それから三十分ほどして渓が帰ってきた。ものすごく疲れた様子だ。いつも通りすぐお風呂に直行した。カラスの行水で、三分くらいですぐ出てきて、

「あー、お腹すいた。今日のご飯何?」

「シチューだけどまだ食べてなかったの? もう九時過ぎだよ」

「もう九時過ぎか。疲れた。みっちゃんにラーメンでも食べて帰る? って聞いたら、お

風呂の時間に間に合わなくなるから、家にまっすぐ帰るって言い張るんだよ。一旦みっちゃん家《ち》に行って今日の総括を簡単にして帰ってきた。みっちゃんも珍しく疲れているように見えたし……」

「そりゃ疲れるよ。何時間警察にいたんだろ。お腹すいただろうに」

「それが、緊張したせいか全然お腹すいてないって言ってたぞ。僕は腹ぺこだ～」

温め直したシチューを美味しそうにバクバク食べながら、警察での経緯を話しだした。

「まず、車は盗難じゃなかった。結果を言うと、みっちゃんが自分で東友《とうゆう》スーパーの駐車場に駐車して、婦人会誌を歩いて配っているうちに、保健センターの駐車場に車を停めたと勘違いして探し回った。でもいくら探しても見つからないので、これは盗まれたに違いないと勘違いして、警察まで歩いて行って盗まれたって言っちゃったらしい」

「何言ってるの？　東友スーパーから警察まで何キロあると思ってるの？」

「でしょ！　直線でも五キロはあるよ。しかも、その前に二十部くらい会誌を配り歩いて保健センターまで行った挙句に、車がないってなって市役所から図書館から大きな駐車場がありそうなところを自分で探し回って、それでもないってなってこりゃ盗まれたってことで警察まで歩いて行ったらしいよ。すごい距離だ。しかも午後四時過ぎから探してたらしいから二時間近く暗い街中を彷徨《さまよ》ってたみたいだ」

「なんてこと……」

聡子は言葉を失った。師走の暗い寒空に車を探して八十過ぎのお婆さんが彷徨ってたなんて。辛い。辛すぎる。その情景を思い描いたら悲しくて思わず涙が出た。

「泣きたくなるよな。なんで盗まれたなんて思ったんだろう?」

渓が不思議そうに言った。

「お巡りさんが一番先に認知症ですかって聞いたんだよ。もしかしてそういうこと?」

「んー、そうじゃないと思いたい。僕が警察に行ったらベンチで涼しい顔して本を読んで、『あら、渓ちゃんごめんね。ご足労かけちゃったわね』って言ったんだぞ。それで警察無線で東友スーパーの駐車場で車が見つかりましたって言われたら、『あらー、そんな、どうして?』って考え込んだんだよ」

「それってボケてるってことじゃないの? 隣の鈴木《すずき》さんのお婆ちゃんもそうだったんだよ。仲良しの横田《よこた》さんが何か盗んだの盗んでないのですごい剣幕で怒って、大変だったらしいよ。あんなに仲良かったのに、横田さんは『お婆ちゃんひどい』って泣いてたんだよ。盗まれてないのに盗まれたって言うのが認知症の顕著《けんちょ》な症状だから、警察がいの一番に聞いてきたんでしょ？」

「だよねー。ヤバいな。いよいよ始まったのか？」

「このまま車運転していて大丈夫なの？　また、ここはどこ？　私は誰？　ってなったらどうするの？」

「んー。まいった。とにかく車も見つかったし、今日は疲れたからまた今度ちゃんと考えよう」

渓にそう言われて壁の鳩時計を見ると十一時を過ぎていた。明日も仕事なのだと思い、聡子はそれ以上深追いしないことにした。

みっちゃん八十七歳、冬の初めの出来事だ。

認知症疾患外来

みっちゃんのことが心配で、聡子が次の日、道子の家電に電話すると第一声は、

「えへへ、昨日は失敗しちゃったね。いろいろごめん。渓ちゃんにも悪いことしちゃったなぁ。師走で先生は忙しかっただろうに……」

いつも通りの道子に思えた。

「車が見つかってよかったね。盗まれてなくてよかったよ」

と聡子が言うと、

「あたしゃ勘違いしちゃったよ。それにしても中網警察も大したもんだ。座って本を読んでいるうちに車を見つけてくれたんだから。ありがたいね」

「本当だね。大したもんだ」

心なしかいつもより饒舌だ。聡子は何だかあんなに心配して損したと思った。

「車盗まれた事件」から二日後、渓宅に、長野県警公安委員会から封書が届いた。渓宛だったが胸騒ぎがして渓が帰ってくるのを待ちきれず、聡子は封を開けて驚いた。

安川道子さんは認知症の疑いがあるので、精神科を受診し、検査を受けて、その結果と医師の診断書をなるべく早く公安委員会に提出してください――大まかにこんな内容だった。

（開けなきゃよかった。中綱警察はやることが速いね。びっくり。そういうことになるんだ。車盗まれたって言っちゃったんだから勘違いじゃ済まないよね。認知症かもしれないお婆さんが日常的に普通に街の中を車運転して出歩いているんだから、警察としても放置しておくことはできないよね。ハア、とうとうこんな日が来てしまったのか……）

聡子は頭の中がグルグルして、その日はずっと胸苦しい状態で過ごした。

夜八時過ぎ、渓が帰ってくるや否や聡子は公安委員会からの封書を見せ、

「大変なことになったよ。みっちゃんに精神科を受診しなさいって警察が言ってきたよ。なぜか家に手紙が来たけど、警察もやることが速いね」

と捲し立てた。

「やっぱりね。そりゃ、ボケてるかもしれない本人のみっちゃん宛には送れないよ。中身見ないで捨てちゃうかもしれないし。何となくわかってたよ。ちゃんと書類見せて」

渓は、意外と冷静な様子で、玄関で書類を読みだした。

「精神科ってどこにあるんだ？　聡ちゃん知ってる？」

「知らなかったから、昼間ネットで調べておいたよ。中綱市民病院にはないから、大きな病院だと池尻町の北アルプス総合病院にあるみたい。精神科の中に認知症疾患外来っていうのがあるんだよ。それより、夕ご飯食べてからじっくり作戦考えようよ。ごめん、帰って早々衝撃的なこと言っちゃって」

「いや、こっちこそごめん。びっくりさせちゃったね」

いつも通り渓は、あっという間にお風呂から出て、夕飯を食べながら、

「それで認知症疾患外来って予約できるの？　みっちゃん一人じゃ行かせられないから、僕たちのどっちか付いて行かなきゃしょうがないよね」

「確かに。それに北アルプス総合病院以外でも安曇野市には不思議とメンタルクリニックがたくさんあったよ」

とネットで調べた情報を伝えた。

「ふーん。メンタルクリニックでもいいの？　そっちは聡ちゃんの専門だもんね」

「専門でもないけど。精神科のお医者さんや臨床心理士、カウンセラーなんていう知り合いはいっぱいいいるけど、それは東京にいた時の話だからね」

以前、聡子は特別支援学校の教員だったので、仕事関係でそっち方面の病院には何度も行ったことがあるし、医師やカウンセラー、心理学科の大学教授なんていう知り合いがたくさんいたのだ。

「そうだよね。こっちで精神科って言われても僕にはメチャクチャハードル高いなあ。検査を受けて診断書まで書いてもらうとなると、大きい病院の方がいいかな？　本当に認症だったりしたら、その後も通院することになるかもしれないしね」

「そう。それで北アルプス総合病院がいいと思ったんだけど。予約するにしてもいくつか行ける日の候補を挙げておいて聞かないといけないから、いつなら行けそう？」

「僕が行くの？　仕事あるし……無理だよ」

「何言ってるの、渓ちゃんが『一緒に行くから行こう』って声かけなかったら、あの見栄っ張りのみっちゃんが精神科受診を納得すると思う？」

「だよな。でも困ったな。授業を調整して時間休もらって……んー。水曜日の午前中なら行けるかな？　北アルプス総合病院なら学校から近いから時間休で何とかなるっしょ。聡ちゃんも一緒に行ってくれる？　頼む。僕だけじゃ無理な気がする」

渓の勤める高校は北アルプス総合病院と同じ池尻町にあるのだ。

「えー、何だか怖いから嫌だな」

「お願い。頼む。お願いします。予約もお願いします」

拝み倒されて仕方なく聡子は了承した。

病院に予約の電話をすると受診者本人の名前と生年月日、診察券の番号、本人と聡子の関係を聞かれた。名前と生年月日はわかったけど、診察券の番号まではわからない。一旦予約の電話を切って、道子に電話し、

「ねえみっちゃん、北アルプス総合病院って行ったことある？　診察券って持ってる？」

と聞いてみた。

「あるよ。前、顔にできたイボみたいなの皮膚科で取ってもらったから」とのこと。

「じゃ、診察券番号教えて」

と聡子が言うと、理由も聞かず、

「はいよ。ちょっと待ってて。探す」

と答えてから、しばらくゴソゴソといつも使っている黒いバッグを探る音がして、

「あった。2、8……」

と、道子の澱みない答えが返ってきた。

「わかった、ありがとう。じゃあね」

と、これまた理由も言わず聡子は電話を切って、また予約の電話を試みた。十二月中の水曜日はもう予約がいっぱいで、来年一月の下旬に受診が決まった。そんなに認知症の検査を受ける人がいっぱいいるのかと正直驚いた。

受診日が決まったといっても、肝心の本人である道子の了解をまだ得ていない。渓が帰宅後、簡単に公安委員会からの手紙の内容を説明して病院を受診しなければ車を運転できなくなる旨を伝えると、意外にもあっさり、

「わかった。一月二十九日水曜日の午前十時半に北アルプス総合病院に行けばいいんだね」

という言葉が返ってきた。

「聡ちゃんの車で一緒に来て、僕は学校から直接病院に行くから」

と渓が言うと、

「えーとえーと、今メモ帳で予定を確認したら、あたしゃその日、松田村の公民館で俳句の会があるから自分で車運転して行くよ」

とのこと。渓と道子と聡子、それぞれが病院に向かい、病院のロビーで十時十五分に集合することになった。精神科の受診は、相当道子にはハードルが高いかと心配して損した。道子にとって車の免許返納だけは絶対避けるべきことなのだ。万難を排して立ち向かうべきことだったのだと聡子は改めて実感した。そんなに免許返納は嫌なのだ。


当日、病院の駐車場で聡子は道子に会ったので一緒にロビーに行くと、もう、渓が待っていた。受付を済ませて精神科がある二階のフロアで、しばらく名前が呼ばれるのを待った。

認知症疾患外来受診なんて、さぞかし道子が緊張しているだろうと気を利かせたのか、

「緊張するね。何て聞かれるのかなあ?」

と渓が切り出すと、道子は、

「そお? あたしゃ、こういうの好き。検査とか試験とか昔から好きだったから」

「へーそうなんだ。さすがです。見て、ここから有明山が綺麗に見えるね」

緊張を紛らわすように渓が朗らかに言った。

聡子はそんな二人を引きつった笑顔で見守るだけだった。十五分ほど待ってようやく「安川道子さーん」と道子の番が来た。

看護師さんが、

「安川道子さんは検査がありますので、こちらの小鳥の絵があるドアへどうぞ。息子さんご夫婦はこちらの三番診察室へお入りください」

と案内してくれた。

道子はまず一人で臨床心理士さんと認知の検査を受けるらしい。

渓夫婦はおずおずと診察室に入って行き、それぞれに椅子を勧められ、精神科のお医者さんと対面した。ニコニコした柔和そうな中年男性ドクターで、後藤芳雄とネームプレートに書いてあった。

「こんにちは。今日はご夫婦で来られたんですね。お母様はお体お元気そうですね」

と声をかけられたので、渓が、

「はい、ピンピンしてます。毎日一万歩以上歩くのを目標としているんです。あとスイミングにも通ってます」

　聡子が、

「太極拳のサークルにも入ってるし、保健センターの高齢者向けスポーツインストラクターの助手もしているんですよ。自分が一番高齢なのに」

　と答えると、

「八十七歳で。すごいですね」

　と言いながらパソコンのカルテに何やら入力した。

「昔、若かりし頃、体操をやっていたらしくて、体を動かすのは人より得意みたいです」

　と渓がまた健康エピソードを付け足した。

「今回は運転免許センターに診断書を提出するということなんですね。お母様の認知に関して気になっていることはありますか？」

　ドクターが質問してきた。

「それが、元々そそっかしい人だとは思っていましたが、今回は、自分で駐車場に停めた車を散々探し回った挙句、警察まで行って盗まれたと言ったわけですから、そそっかしいレベルでは済まないですよね」

と渓が不安げに質問し返した。

「そうですね。誰でも高齢になるとそれなりに、それまでできていたことができなくなってくること自体は普通のことなんです。でも今回は警察のお世話になったということで、ご家族もびっくりされたでしょう」

ドクターは渓夫婦の不安な気持ちに寄り添う言葉をかけてくれた。

「普段はどちらかというと人よりしっかりしています。二十年ほど前に東京から移住してきました。連れ合いを三十年ほど前に癌で亡くしました。その後、僕の姉夫婦としばらく同居していましたが、夏だけ中綱に住んだり、行き来しているうちにこっちが気に入ったみたいです。七十歳くらいから中綱市で本格的に一人で暮らしています」

渓が移住の経緯を説明した。

「中綱で一人暮らしじゃあ、車が運転できなくなると困りますね。息子さんご夫婦はどちらにお住まいなんですか?」

「同じ中綱の母の家のすぐ近く、車で三分のところに家を建て、五年前に移住してきました」

「それはお母さんも心強いでしょうね。どちらかにお勤めですか?」

「はい。池尻高校で教員をしています。近いので今日は職場から歩いて来ました。妻は主婦で家にいます。東京で教員をしてましたが癌で何度も死にそうになったので」

「それは大変でしたね。お母さんは何か大きな病気をしたことがあるんですか?」

「それがありがたいことにメチャクチャ元気な人で、若い時に盲腸で手術したくらいで、ずっと元気でピンピンしています」

「助かりますね。他にご家族はいらっしゃいますか?」

「母の妹家族と僕の姉家族、うちの娘が東京で暮らしています」

「皆さん東京ですね。僕は横浜から来たんですよ。移住する時、悩まれたんじゃないですか? どういった理由で中綱市に来られることになったんですか?」


十分ほどドクターと話してから、待合室の椅子に腰掛けて渓と聡子は黙っていた。窓に広がる裏銀座と呼ばれる北アルプスの山々が綺麗に見えていた。心和む景色だ。

(もう一度燕岳《つばくろだけ》に登りたいな。合戦尾根《かっせんおね》はキツかったけど、途中の山小屋で食べた、一切れ八百円の松本波田《はた》スイカがメチャメチャ美味しかったな。また行けるかな?)

なんて、聡子が何となく考えていたら、不意に渓が話しだした。

「学校のね、三階の生物室に向かう途中の廊下から燕岳が見えるんだよ。正確に言うと燕《えん》山荘《ざんそう》の窓が見えるんだ」

「なんで窓ってわかるの？　望遠鏡でもあるの？」

「それがね、見えるのは朝だけなんだ。晴れている冬の朝、燕岳の方向からピカピカ眩しい光が見えるんだよ。何だろうって考えてみたんだけど、どう考えても朝陽に反射する物って、燕山荘の窓しかないんだ」

「ふーん、すごいね」

「それで、親父……シゲちゃんが一酸化炭素中毒で死にかけた時のことを思い出したんだよ。僕が小学校一年生の時のお正月のことなんだ。その時シゲちゃんは、ご来光を拝むために仲間と冬山登山で燕山荘のテント場にいたんだ。一月一日の早朝、シゲちゃん以外の仲間はみんな、ご来光を拝むために燕岳に登りに行ったんだ。なぜかシゲちゃんはテントに一人残って、多分『僕は温かいコーヒーをいれて待っているから』とか何とか言って、コッフェルに火を点けたまま寝ちゃったんだろうな。仲間が帰ってきた時は、テントから真っ赤な顔だけ出して、シゲちゃんが意識不明で倒れていたらしいんだよ。それでヘリで病院に運ばれて一命を取り留めたんだ。おかげで散々な冬休みだったな」

「そんなことがあったんだ。よく顔だけテントから出していたね。すごい生命力」

「そうなんだよ。それがシゲちゃんらしいでしょ。それで、それでだよ。その燕山荘から僕にピカピカ光を送ってきているのはシゲちゃんみたいな気がしてさ。『渓ちゃん、よく来たね。頑張ってるね。ここから見守ってるよ。みっちゃんのことよろしくね』って、山からサインを送ってるような気がしてね」

聡子はこの話を初めて聞いた。

（珍しいことだ。渓は科学屋さんだから、超常現象的なことは一切信じないし、神仏にも一切興味がない。森羅万象、八百万《やおよろず》の神様に何かと願い事をする私とは対照的だ。そんな渓がこんな話をするなんて）

何だかジワジワ感動した。

そんな話をしながら三十分くらい待っていると、「安川道子さんのご家族の方、三番診察室までどうぞ」と声がかかった。

道子がちょこんと神妙な顔をしてドクターの前に座っていた。目で「お疲れ様」と合図して、渓夫婦も診察室の丸椅子に座り、再び三人でドクターの話を聞いた。

「検査の結果はＭＭＳＥ二十七点、ＣＤＴ問題なしです。まあ認知症ではありませんという結果です」

ＭＭＳＥというのは、神経心理検査のことで主に短期記憶について調べた結果で、ＣＤＴというのは、脳の前頭葉など認知に関わる部分が正常に機能しているかの検査で、時計の絵を描くようだ。

ほーっとわざとらしく見えるほど渓が大きな息を吐いた。すかさずドクターが、

「とはいえ、検査はあくまで検査なので、これから少し質問させてくださいね」

「安川道子さん、この頃お料理しますか？　お鍋焦がしちゃったりすることありますか？」

「そりゃ、この歳なのでたまーに、焦がすこともあります」

道子が答えた。

「そうですか。たまにね。何か予定を忘れちゃったり、忘れちゃったことを何だったか思い出せないことありますか？」

「あります。なのでこのメモ帳に常に予定を書いて確認するようにしています」

と言って、道子がいつも出かける時に持ち歩いている黒いバッグの中から、小さいが分厚いメモ帳を出して中身をパラパラッとドクターに見せた。そこには小さな文字でびっち

りと予定が書いてあった。見るからにやりての営業マンのように、自分の予定管理ができているることをアピールしているようだ。

「たくさん書いてありますね。これを見れば忘れちゃうことないですか?」

「あります。あります。だから困ります。たびたび確認するようにしています」

簡潔にはっきり答えていて、とてもしっかりしたお婆さんに見える。

「何か他に生活で困っていることとありますか? お風呂が面倒とか、ゴミ出しが大変とか買い物が困るとか」

「お風呂は家の前に別荘地のクラブハウスの温泉があるので毎日快適です。それとえーっと何でしたっけ?」

道子が聞き返した。

「ゴミ出しや買い物です」

「ゴミ出しはあんまりゴミも出ないので大丈夫。買い物はほとんどコープさんだから困ってません」

「そうなんですね。車はどんな時に運転するんですか?」

「毎日です。スイミングや俳句の会なんかで毎日運転してます。無事故無違反の優良運転です。えへへ」自慢げに道子が笑った。

「お昼ご飯、毎日車で食べに行ってるよね」渓が口を挟んだ。

「そう、ついでだから保健センターやプールの近くの店で食べてる」

「毎日ですか？　遠くまで行かれたりするんですか？」

ドクターが聞くと、

「諏訪湖の方に、行きたいなと思ってますが、まだ行ってません」

「高速道路の運転をするんですか？」

「うーむ、前はしてたけどこの頃はしてません。せいぜい行っても松本くらいです」

「そうですね。高速道路は危ないからやめといた方がいいですね。逆走とかありますからね。あと夜間の運転も高齢者の事故が多いみたいなのでやめときましょうね」

「そう言えばこの間の夜、バックする時、家の車庫のシャッター壊したんだよね」

渓がまた口を挟んだ。

「あれは、たまたま、一瞬眠くなっちゃったみたいで、ぶつけちゃったんだよ」

慌てて道子が言い繕った。

この頃、やけに言い訳ばかりする。

「夜間は運転やめときましょう」

ドクターがもう一度念を押したが、道子の返事はなかった。自分では運転に相当自信があるようで、納得いかない様子だった。

「夜は運転しないでね。お医者さんと約束したよ」

渓が念を押した。まるで小さな子供に言い含めるようだ。すると不本意ながらも、というように道子が、「はい」と小さく返事をした。

「ＭＲＩの検査をしますか？」

ドクターが聞いた。

「お願いします」

すかさず渓が返事をした。

「わかりました。検査の手配をします。では今日はこれで大丈夫そうですね。検査が終わったらそのままお帰りになって大丈夫です。公安委員会宛の診断書が必要ですね。一週間後に取りに来てください。その時にＭＲＩの結果もご説明します」

「これで終わりですか？　薬とか、次はいつ来院するとかないですか？」

渓が心配そうにドクターに聞いた。

「今のところ認知症ではないようなので薬は必要ないです。まあ、年齢が年齢なので毎日車も運転しているし、ご心配でしょうから一年後にまた来ていただくということでいいでしょう」

「ら、来年でいいんですか?」

「はい。そうしましょう。では」

診察が終わった。ホッとした。

三人全員が安堵の表情だった。

「よかった。みっちゃん、テストよくできたんだね」

待合室の椅子に座るや否や、渓が小声で言った。検査のことをわざとテストと言った。

「簡単だよ。免許の高齢者講習の時のテストと一緒だもん。あたしゃ、もう何回もやったことあるよ。今日の日にちだけ思い出せなかったな」

道子が得意そうに答えた。

「そうなんだ。とにかくこれからも運転できそうでよかったね」

聡子も小声で言った。

「よかったなんてもんじゃないよ。お赤飯炊かなきゃ。車の運転できないなら、あたしゃ死んだ方がマシだよ」

「大げさだな。そんなに車が好きなんだ」

渓がニコニコ顔で言うと、

「好きだよ。行き先を決めずにその日の気分で運転するのが好き」

と道子もニッコニコ笑顔で返した。

二人の笑顔を見ながら聡子の頭に不安がよぎった。

（でも、それって危ないよね。今回は大丈夫だったけど、本当に認知症になったとしたら、いつの日か行き先も決めずに運転して、どこか遠くの街で、ここはどこ？　私は誰？　ってなる可能性があるってことだもん……）

安心したのも束の間、聡子は新たな不安に包まれた。不安の渦が頭のどこかでグルグル回り始めた。

渓は次の授業があると言って、そのまま職場に帰って行った。

聡子はＭＲＩの検査が終わるのを待って、会計を済ませ、道子と病院の駐車場に出た。

「午後に近くで俳句の会があるから。じゃあね」

と道子は言って、颯爽と車に乗り込んだ。聡子は頭の中のグルグルをグイッと呑み込んで、一人プーの待つ我が家に帰った。

一週間後、渓が診断書を取りに行き、早速、運転免許課高齢運転者対策係宛に、先日警察から送られてきた書類の中から返信用封筒を探して診断書を送った。ＭＲＩの結果は年齢相当の脳の様子なので、今のところ心配しなくてもよいとのことだった。

「はーっ、人騒がせだよなあ。診断書だって二千四百二十円もするんだぞ。でもこれで、死ぬほど好きな運転がまたしばらくできるんだからよかったな」

渓がぼやいた。

「そうだよ。このまま運転ができなくなったら本当にボケちゃうかもしれなかったね」

と聡子が返した。

「中綱で運転できないってことは、これまでの生活が全くできなくなるってことだもんな。シビアだな」

しみじみ渓がつぶやいた。

「みっちゃんの検査の後にネットで調べたんだけど、ＭＭＳＥって検査、二十七点だったでしょ。それってギリギリなんだよ」

「どういうこと？」

「三十点満点で二十七〜三十点が合格、二十二〜二十六点は軽度の認知症の疑いありってことらしいよ。あの時みっちゃん、一つだけ間違ったって言ってたでしょ。もし二つ間違ってたら軽度認知症ってことになってたんだよ」

「へー。すごいな。危ねー。ギリギリ一年運転寿命が延びたってことだな。みっちゃんにも診断書のコピー渡しに行く時言っておくよ。ギリギリだったんだって」

「しかも高齢者の運転講習にもう何回も行っているから、みっちゃんはメチャクチャあの検査に精通していたってことだから、覚悟を決めて予習してたかもね。なんせ運転が死ぬほど好きだって大っぴらに言ってるくらいだから必死だったと思うよ」

「そうだな。いろいろ不安だな。はっきり言って、これからの一年はドキドキだな」

「みっちゃんが、また急に、ここはどこ？　私は誰？　ってなりかねないから、今回のことも含めて一冊専用のノートを作って記録しておくっていうのはどうかな？」

と聡子が提案すると、

「それがいい！　今回も警察や病院で様々説明するのに、みっちゃん自身の病歴や父母兄弟の病歴、死亡原因、死亡時の年齢なんかがわかるものが必要だって思ったよ。みっちゃん自身が覚えていられないなら、余計、ちゃんとした記録は大事になるね」

渓は早速、引き出しにしまってあったA4の大きなノートを引っ張り出し、表紙にでっかくマジックで「渓」と書いて、診断書のコピーやら、病院のパンフレットなんかを貼り付け、これまでのことを思い出せる限り時系列で書き出した。さすが現役教師だけあって、普段生徒にノートが大事と言っている手前、本人もマメに記入する様子だ。

薪ストーブを焚きすぎて部屋の中が熱々だ。汗をかきかき渓がノートに記入する姿は、息子の鑑《かがみ》と言ったところだ。二月初旬と言えば東京では梅の花が満開で春の気分が盛り上がってくる頃だけど、ここ中綱では寒さのせいで積もった雪がバリバリに凍り、雪掻きするにも一苦労の毎日だ。中綱では梅も桜も同じ時期に咲く。もっと言えばタンポポもツツジもみんな同じ四月中旬に咲き誇る。まさに百花繚乱だ。今は真っ白な雪原と化している田んぼの先に百花繚乱の春を思って、聡子は暑くなりすぎた部屋の窓を少し開けて換気した。すると、凍るような冷気がピューッと入ってきた。外の温度計をちらっと覗くと、なんとマイナス十五度。この冬一番の冷え込みだ。春はまだまだ遠い。

それから一年後、また同じ検査をしに北アルプス総合病院に行った。渓は抜けられない授業があると言うので、聡子だけが付き添った。検査結果は去年と同じ、ギリギリ、認知症ではないというものだった。

その際ドクターが、「ＭＲＩ検査はどうしますか？」と聞いたので、

「後期高齢者だから。医療費もったいないでしょ。若い人に申し訳ないから、結構です」

と、即座に道子が答えた。ドクターがちょっとびっくりした顔をしてから、

「わかりました。また一年後の来院でいいですね」

と言った。

聡子は後々、（あの時、ＭＲＩ検査をしていたらどうだったんだろう？）と悔やまれた。

道子の巧みな反応に、聡子もドクターもごまかされたのかもしれない。

番町小学校

みっちゃんは昭和八年、東京都三鷹市の生まれだ。お母さんは佐久間一恵《さくまかずえ》、お父さんは佐久間末男《すえお》。長女の一恵のところに末っ子の末男が婿に入ったのだ。

就学の時期になり、なぜか三鷹から電車に乗って、遠く都心の番町小学校に入学することが決まった。どうも一恵さんは上昇志向が非常に強く、「ごめんあそばせ」とか「ごきげんよう」といった、今で言うセレブの世界にご執心な人だったようだ。子供の道子は、そんなことは一切わからず、ただただ毎日電車に乗れることが嬉しくて、嬉々として満員電車に揺られて通学していたようだ。

とはいえランドセルを背負った小さな女の子が満員電車に乗っているわけだから、降りたい駅で「降りまーす」と叫んでも、ランドセルごと体は宙に浮いてしまって足は空中でバタバタするばかり。何回か「降りまーす」と叫んでいると、毎日同じ電車に乗る顔見知りのおじさんたちが「またみっちゃん降りられないのかよ」「ほらよ」「そらよ」と連係プレーで、ドアの方に順送りしてくれて、何とか降ろしてもらうという毎日だったらしい。

ところが、時は太平洋戦争ということで、きな臭い時代だった。番町小学校に通えたのは四年生まで。郊外の子女は地元の学校に通うようにという番町小学校からの通達で、結局五年生からは地元三鷹の小学校に通うことになった。と言っても焼夷弾《しょういだん》だ、東京大空襲だと、勉強どころではなくなって、学童疎開こそしなかったが、学校に通うことはほとんどなかった。

お父さんの末男はその当時貴重な存在だった電気技師だったので、兵隊さんとして戦争に行ってはいたが、前線に出ることはなく、電気関係の仕事をもっぱらしていたらしい。そんなわけで終戦まもなく、無事家に帰ってきた。

それまで一人っ子だった道子に、歳の離れた妹ができた。妹というより一回り以上歳の離れたその子は、道子の娘のような、オモチャのような友達のような、そんな存在だった。おんぶしてあやしたり、おしめを替えたり洗ったり、本名は久美子《くみこ》だからお久美さんと呼んで、一生懸命世話をした。終戦後まもない頃で物のない時代だったが、一緒にお人形遊びをしたり、空き地でアリンコの行列を眺めたりするのが、近所に友達のいなかった道子には楽しい時間だったようだ。

そんな時代でもお母さんの一恵は常に上昇志向で、何かというと背伸びした暮らしをしているように道子には思えた。そのことが、普通が一番と思う道子との間に、考え方の亀裂が少しずつ広がっていったようだ。その頃から道子は心の中で、見栄っ張りで頑固な母親の一恵のことを「ザアマス婆さん」と呼んでいた。

元祖山ガール

みっちゃんはその昔、山ガールだったらしい。

学生時代、学校の仲間やラブラブだったシゲちゃんと二人きりで山登りをしていたそうだ。いろいろ行った中でもやっぱり一番印象的なのが白馬の大雪渓だったみたいだ。なんせ子供の名前が、姉が雪野《ゆきの》で弟が渓なんだから、どれくらい気に入っているか想像に難くない。

道子とシゲちゃんは同じ東京教育大学出身だ。道子は地元の大学ということで深く考えず選んだらしい。シゲちゃんは長野県飯田市の出身だ。自然に子供の頃からスキーや山登りみたいな遊びをして過ごしていたらしい。それで、学校の先生になれば夏休みや冬休みに趣味の山登りができると考えて東京教育大学を選んだそうだ。東京育ちの道子にとって、元気が服を着て歩いているような、野生的でエネルギッシュなシゲちゃんは、とっても魅力的に見えたかもしれない。しかも山という非日常空間に行ったら、見るもの全てキラキラしていたことだろう。

渓夫婦の娘の美波《みなみ》がまだ小学生だった頃、夏休みの数日をシゲちゃん荘で過ごした時のことだ。みんなで栂池自然園《つがいけしぜんえん》に行くことになって、聡子がお弁当のおにぎりを何個食べるか道子に聞いた時、

「あたしゃ、山に登るとお腹すかないから、ほぼ何にも食べないよ」

という答えが返ってきて、びっくりしたことがあった。まさにクライマーズ・ハイだ。登山イコール高補給が必須という今のご時世からは考えられない。大好きなシゲちゃんと大好きな山に登っていたら、胸がいっぱいで何も喉を通らなかったのかもしれない。

とにかく学生時代、道子が山登りに目覚めたことは確かだ。その他に目覚めたものが人形劇。サークル活動の延長なのか本格的にのめり込んだのかわからないが、だいぶ夢中になったようだ。今でも高円寺の方に小さな劇場を持つ人形劇団「ピーター」に所属し、その当時NHKで始まったばかりの子供向け人形劇の「チロリン村」にも関わっていたとのことだ。野菜のセロリさんという人形担当だったと聞いたことがある。道子の自慢話は、その当時NHK放送劇団員だった黒柳徹子さんと、NHKの廊下ですれ違ったことがあるというその一点だ。きっと徹子さんのオーラがすごかったのだろう。渓たちは、もう何回

聞かされたかわからない。

詳しいことは知らないが、シゲちゃんは大学を卒業して、すぐ中学の国語の先生になった。

一方、一学年下の道子は、人形劇と山に夢中になってしまい、大学を中退する羽目になった。何かに夢中になってしまったら他のことは目に入らなくなるという元来不器用な人なのだ。そんなわけで、ザアマス婆さんの一恵が、その事実を受け入れるはずもなく、何度か衝突して道子は家出することになった。一恵としては、大学を普通に卒業し、銀行かデパートにでも就職したあと、お見合いさせてそれなりの人に嫁がせようと考えていたのだろう。自分と同じように、できれば婿取りをして佐久間の家を継がせようと考えていたかもしれない。ところが、そんな親の期待をことごとく覆してしまったのだ。道子は家出して友達の家を転々としつつ、正規の仕事に就くことなく、程なくしてシゲちゃんと結婚した。恐らく昔から燻《くすぶ》っていた一恵への反抗心もあったのだろう。若くして専業主婦になり、すぐに渓の姉の雪野が生まれた。その二年後、渓が生まれた頃、当時まだハイカラだった団地の一室が当選して団地暮らしになったのだ。孫ができたことで一恵との蟠《わだかま》りも少しは薄れたのかもしれない。

聡子は渓と付き合い始めてまもない頃、渓の家のリビングで、白黒の家族写真が飾られているのを見た記憶がある。三鷹の実家でお正月に赤ちゃんを中心に撮影したものだった。みんな笑顔で着飾り、一恵と末男は着物姿で若々しい。それは狭い団地のテレビ台の上で埃をかぶっていた。


シゲちゃんは現役教員五十九歳の初夏、職場の健康診断で癌が見つかった。膵臓癌だった。いくつかの大病院を回り、何とか治療の糸口を見つけようとしたが既に末期だった。あんなに元気溌剌《はつらつ》だった人が、あれよあれよと衰弱し、十一月末日に帰らぬ人となった。

ゴールデンウィークに家族で集まった時に、

「来年退職だから今年の夏休みにはニュージーランドにヘリスキーに行こう」

と渓はシゲちゃんと約束し、南半球のニュージーランドの話題で盛り上がっていた。

「こんなことになるなら去年行っとけばよかったな」

と渓は、その後何度も何度も後悔していた。

そんなシゲちゃんが病魔と闘いつつも、退職後にスキーや登山の拠点にしようと、中古で購入したのが、現在道子が住んでいるシゲちゃん荘だ。クラブハウスの温泉に入れるのが魅力で、コミュニティーの九割ほどが定住者で、残りの一割は別荘族らしい。スキー場まで車で五分、北アルプスの麓にあり、温泉に毎日入れる夢のような場所だ。購入を決めた夏休みには、シゲちゃんはまだ自分の病の深刻さに気づいていなかった。自覚できる体調の悪さも感じていなかったと思われる。癌であっても手術で治ると信じていたようだ。様々な検査や辛い治療の合間に、北アルプスの山々に思いを馳せることで、前向きに頑張れたのだと思う。

道子の青春時代、元祖山ガールだった頃の話だ。

いざ漕ぎ出でん蒼《あお》の湖《うみ》

みっちゃんは俳句が好きだ。好きというより性に合っていると言った方が近いかもしれない。五七五と字数が決まっているところ、季語などの決まりが明確にあるところなど、きっちりしているところが好ましいらしい。一番ハマっていた時は、同時に三つの句会に所属していた。近所のお婆さんたちでやっている鈴蘭会、隣町でやっている茜会、それから全国規模の嶺《みね》句会だ。それぞれお題が違ったり、書評の仕方が違ったりで面白いとのことだった。鈴蘭会は気兼ねなくワイワイ楽しむ感じで、茜会はちょっと余所《よそ》ゆき、嶺句会は相当緊張して頑張るっていうイメージの位置付けらしい。とことんどっぷり俳句に身を置くところが道子らしい。そんなわけで常に道子は例の黒いメモ帳と、小さいペンを持ち歩いていた。ウォーキングの時も、ランチの時も良い句を思いついたらすぐに書き留められるようにだ。

渓と聡子夫婦は移住して来てから暗黙の了解で、一人暮らしの道子をなるべくお出かけに誘うようにしていた。一ヶ月に数回、渓が休みの日には道子が寂しくないように、一緒にランチしたり、ハイキングに行ったりお花見に行ったりといろいろなところに出かけた。そんな時必ず、車を運転しながら渓が聞く。

「みっちゃん、今月の俳句のお題は何ていうの？　覚えてる？」

道子はしばらく考えて、

「えーっと、鈴蘭会が『初霜』で茜会が『寒月』、嶺句会は特にお題みたいなもんはなくて

『秋っぽい句』だって」

「そうなんだ。いろいろあるから大変だね」

と渓が返すと道子は、

「ナーンも、全然大変じゃないよ。ずっと考えてると楽しい。難しい方が楽しいよ。季語とか歳時記とか電子辞書で調べるのも面白いし」

と答えていた。本当に性に合っているようだ。しかも俳句をやっている人は絶対ボケないという道子なりの信念があったようだ。なぜなら、道子の仲良しの鈴蘭会俳句仲間のカヤさんというお婆さんは、九十五歳で一人暮らし。車を運転し、俳句も冴えているらしく、たびたびドライブ中にその人の話題が出たからだ。言葉の端々から、道子もカヤさんみたいになれたらいいと思っている様子がうかがえた。

そんなある日、例によって渓が道子をランチに誘った。シゲちゃん荘までお迎えに行くと、道子が薄い冊子を持って慌てて玄関から飛び出てきて、

「これ見て、巻頭の句に選ばれたんだよ」

と嬉しそうにページを開いて見せた。

渓夫婦が同時に覗き込むとそれは、小さな文字でたくさんの俳句が一ページに二段にわ

たってびっしり載っている嶺句会の冊子だった。

「どれがみっちゃんの句なの？　たくさんありすぎてわからないよ」

と渓が聞くと、

「これこれ、エヘン。すごいでしょ！」

と珍しくハイテンションで道子が指差した。見ると「巻頭五句　嶺村先生選」と大きな文字で書かれた最初のページに、大きな文字で書かれた五つの俳句が載っていた。

「どれどれ？　安川道子って名前ないよ」

と聡子が聞くと、

「雅号《がごう》だよ！　ペンネームみたいなもん」

と興奮した様子で言葉が返ってきた。

「はあ？　ペンネーム？　カッコイイな。どれがみっちゃんのペンネームなんだよ」

渓がニヤニヤしながら覗き込んだ。

「これだよ。これ」

と、道子が指差したところには、

蛍《ほたる》愛《め》づ　いざ漕《こ》ぎ出でん　蒼《あお》の湖《うみ》
吉良《きら》渓子《けいこ》

という句があった。

「夏にあんたたちに蛍狩りに連れて行ってもらったでしょ。あの時、青木湖で、みんなでボートに乗って真っ暗な湖に浮かんで、蛍が緑色にフワフワ飛び交うのが、何とも神秘的で異世界で、ワクワクしたからそれを詠んだ句だよ。エヘヘ、やるでしょ」

と、照れくさそうに、でもとっても誇らしそうに道子が句の説明をしてくれた。

「へーっ、ところで吉良渓子って何だよ」

すかさず渓が、自分の名前を使われたのが不満というように道子に突っ込みを入れた。

「嶺句会は、雅号で応募してくださいっていうシステムだから、いろいろ考えたけど思いつかなくって、締め切り間際に咄嗟《とっさ》に出てきたのがこれなんだよ。失礼」

渓に突っ込まれて嬉しそうに道子は答えた。

(吉良っていうところが判官贔屓《はんがんびいき》というか斜に構えてるっていうか、道子が選びそうな名前だな)と聡子は思った。

(それに大事な長男の、渓の文字をくっつけるところがまたまたみっちゃんっぽい)

嶺句会というのは全国規模で、ハイソサエティ且つアカデミックな会みたいで、悪く言えば権威的、よく言えばすごい人が全国から集結してくる、虎の穴的な会みたいだ。ある日、道子が「明日から出かけてきます。三泊四日です。行くところは山口県萩市〇〇ホテル、嶺句会定例会です。じゃあね」というメモを渓家のポストに入れて出かけたことがある。黙って留守にすると心配すると思って、たまに遠くへ出かける時は、行き先をそうやってメモしてポストに入れていくのが道子のやり方だ。後日、フグの塩辛やら雑炊の素やらお土産を持ってきてくれた道子に、

「ありがとう。ご馳走様。萩まで何しに行ったの？　遠くに旅行できてよかったね」

と聡子が気軽にお土産のお礼を言ったら、

「旅行じゃないよ。句会だよ。大変だったんだからね」

と予想外の言葉が返ってきたことがあった。

「何が大変だったの？　萩なんて素敵なところに行けて羨ましいな」

と聡子が言うと、

「ただの旅行じゃないよ。嶺句会って大変なんだよ。気が抜けないんだから。年に一度、全国から門下生が何百人、今回は三百人くらい集まって、一つのホテルに泊まって、午前一回、午後一回、全部で四回句会をするんだよ。下々の、地方の、あたしみたいなもんは、唯一、嶺村先生に会える機会だから緊張しちゃうよ」

「へー、じゃあ、みっちゃんは吉良渓子さんやってきたんだ。それでプレッシャーが半端なかったんだね。良い句できたの？」

と聡子が聞くと、

「ダメダメ。ナーンも。緊張するとろくな句ができないもんだね。疲れただけだよ」

と満更でもなさそうに説明してくれた。そんな会が次の年は山形であって、それにも張り切って参加してきた様子だった。道子が八十五歳くらいの頃の話だ。今思えば、その頃が道子の俳句人生のピークだった気がする。

その頃のある日、いつも通り週末に渓と道子と聡子とプーで、中綱ダムの東屋《あずまや》でランチをして帰ってくる車の中でのことだ。

渓が何気なく道子に、

「今回の俳句のお題は何？」

と聞いた。一分くらい無言のあと、

「嶺句会辞めた」

と道子から衝撃の一言があった。

「えーっ、なんで？」

思わず渓と聡子がハモって叫んだ。

「嶺村先生とケンカした。方向性の相違で脱会した」

「先生とケンカ？　方向性？」

渓が素っ頓狂な声で繰り返した。

聡子には、俳句とケンカは遠い隔たりがあるように思えた。しかも、あんなに大好きで得意げだった嶺句会を、そんな理由で辞めるなんて……と。

聡子が、そっと道子の方を見ると、何だか怒りに震えているように見えた。いつも穏やかな道子の、そんな様子はついぞ見たことがない。きっとよっぽどのことがあったに違いない。渓も聡子もそれ以上聞いてはいけない気がして、その話題に触れることはなかった。

聡子があとでよく考えてみるに、みっちゃんの認知機能の衰えが原因で、これまでできていたことが俳句においてもできなくなっていたのかもしれないと思い至る。いや、それしか理由は考えられない。尊敬していた先生とケンカするなんて……。他の二つの句会にはこれまで通り参加しているのだから。よりシビアな感覚とノルマが課されている嶺句会には、衰えた認知機能ではついていけなくなったに違いない。他の二つの句会はお友達感覚だから、ちょっとぐらい変だって、そこまで突っ込んで評されることはないはずだ。だからケンカにもなることはない。

尊敬していた嶺村先生にシビアな批評をされたら、認知機能が衰えて最近すっかり頑なになったみっちゃんには、受け入れるゆとりはなかったのではないか？　自分の落ち度ではなく、先生との方向性の違いにすることで、落としどころを見つけたに違いない。以前のみっちゃんだったら、酷評されたとしても、逆に「闘志が湧いた」と張り切って、さらに研鑽を積んだに違いない。みっちゃんは本来そういう人だったはずだ。それが認知にゆとりがなくなって、様々な不都合な状況は受け入れられなくなってきているのだろう。

そう言えば、最近我々とも違和感のある小さな衝突が増えてきた。頑なに自分の非を認めないみっちゃんの今の状態では、社会的な活動は無理が生じているようだ。

今、みっちゃんが漕ぎ出そうとしている蒼の湖は、蒼は蒼でもブラックホールのような、限りなく黒に近い群青色の、深い深い底なしの蒼の湖なのかもしれない。

認知機能の衰えという、みっちゃんが自らは認め難い、受け入れ難い事実を、我々は今後どうサポートしていけばいいのか？　サポートできるものなのか？

聡子の心にも、ドス黒い群青色の深海が渦巻いていた。

蝋梅《ろうばい》の花と狼狽《ろうばい》の道

みっちゃんは生チョコが好きだ。毎年バレンタインデーが近づくとシナノコープで生チョコが買えるので、バレンタインデーを楽しみにしているようだ。なんでそんなに生チョコがよいのかというと、道子の歯が総入れ歯だからだ。中綱に移住すると決めた時に、まだ七十歳前だったのに、数本残っていた自前の歯を全部抜いて、東京で総入れ歯にしてから中綱に来たのだ。いかに移住の決意が固かったかが、そのことからもわかる。

歯のない口でもフワーッと溶ける生チョコは、うってつけの食べ物だ。

ある二月初旬の金曜日の朝のことだ。テレビでニュース番組を見ていたら、聡子の好きなお天気キャスターのお兄さんが、群馬県の「ろうばいの郷《さと》」というところから中継をしていた。中綱の渓家の周りは、真っ白な雪と氷でカッチカチの冷凍庫の中のような状態なのに、ろうばいの郷《さと》では神秘的な黄色に光る蝋梅の花が満開で、その香りが園内に満ちているというのだ。

「すごい。日本は広いね。満開だって」

思わず聡子が言うと、渓が、

「本当だ。蝋梅って見たことないな。黄色なんだ。本当に梅の仲間なの？」

と生物の先生らしく答えた。

「明日行こうか。土曜日だから」

聡子が言うと、

「んー。まあ、忙しいけど、日曜日に試験問題作れるなら行ってもいいか」

との返事だった。聡子がネットで調べると、近くにウォーキングできるレトロな道があるということで、犬のプーも連れて道子も誘って行くことになった。道子はその頃、「ご飯食べに行こう」と誘っても、前ほどは誘いにのってこなかったので、なるべくウォーキングとセットで誘うようにしていた。すぐに電話すると、

「蝋梅？　いいねー。ウォーキングもできるの？　行きたい」

と案の定誘いにのってきた。

「明日土曜日の朝八時に、シゲちゃん荘に迎えに行くから、ちゃんと起きて用意して待っててよ」

と渓が念を押した。道子は宵っぱりの朝寝坊で八十七歳の今でも、朝は弱いみたいだったからだ。


次の日、渓夫婦がシゲちゃん荘に迎えに行くと、珍しくすぐに返事があって道子が玄関から出てきた。スノーシューズに厚めのダウンコート姿だった。ウォーキングできる靴や薄めの上着も持って行くよう渓が声をかけたら、「そうか」と、家の中に走って戻って五分くらいしてリュックにいろいろ詰めて出てきた。

「お待たせしました。お願いします」

と道子はすごく張り切っている様子だった。

車に乗ると早速ゴソゴソとリュックから生チョコを出して、

「これどうぞ」

と分けてくれた。甘いものに目がない渓は、

「ありがとう。もっと口に入れてよ」

と運転しながらパクパクと道子の貴重な生チョコを食べた。食べながら、

「今日は、群馬県に行きます。まず『ろうばいの郷』っていうところで蝋梅を観賞します。

みっちゃん、蝋梅って見たことある？」

「あ、あ、見たこと……ない、な。でも、楽しみ。俳句に使えそう」

とニコニコ返事をした。

「俳句か。確かに、使えそうだね。今日のお昼は横川の釜飯だよ。プーがいるからお店の中で食べられないから、釜飯を買ってどこかで食べます。その後『アプトの道』っていうところに歩きに行きます」

渓が説明した。

高速を降りて群馬県の街中を走っていると不意に道子が、

「この辺に一回来たことがあるような……」

と話しだした。

「そうなの？　旅行で来たの？」

と聡子が聞くと、

「違う。昔、お父さんの家があって、小学生の時、行ったことがある気がする」

「そうか、お祖父ちゃんは群馬県の出身だったね。思い出したよ。この辺の出身だったんだ。知らなかったな」

と渓が嬉しそうに答えた。

「でも、この辺だったかな？　うろ覚えだな。忘れた」

「忘れた」は、この頃の道子の口癖だ。

「なーんだ。だいぶ昔のことだからさすがに忘れちゃうね。八十年くらい前のことだもんね」

と聡子が言うと、

「そうそう。街の感じというより、地名に聞き覚えがある気がするんだけど。どうだかね。わからん！　八十年前か。はっはっはっ」

と久しぶりに、水戸黄門みたいな道子の快活な笑い声が車内に響いた。


ろうばいの郷に着いた。

蝋梅の木は普通の梅の木より小さめで、下から枝がたくさん出ている印象だ。園内に足を踏み入れると、フワッと春の香り、蝋梅の花の香りが辺り一面を包んでいた。

それは雪で真っ白な中綱からはるばるやって来た聡子たちには、狂おしいほどに春を告げるものだった。クラクラするほどの香りに酔いしれながら、彼らは蝋梅だらけのその園内をそぞろ歩いた。「満月蝋梅」とか「素心蝋梅」など品種によって木に名札がかけられていた。花は蜜蝋のように艶のある黄色またはクリーム色で、楚々として優しい佇まいだ。園内の看板によると「梅」と名前がついてはいるが、蝋梅科蝋梅属でバラ科の梅とは全く異なると書いてあった。それを目ざとく見つけて、

「やっぱりな。何だか花の形とつき方が違うなーって思ったんだよ。梅はバラ科だな」

と、渓が大げさにうなずいていた。

一方、道子は花言葉の方に惹かれたようで、

「花言葉は、ゆかしさ、いつくしみねー。なんかわかる感じ」

とメモ帳に何やら真剣に書いていた。

聡子は、プーと園内をプラプラしながら、

「こういう、ワンコOKの施設はありがたいね。あっちにお友達いるよ。行ってみよう」

と、春の色彩と香りにウキウキしていた。

蝋梅の楽しみ方も三人三様だ。

三人は三十分ほど蝋梅を満喫してから、釜飯を買えるJR横川の駅前に移動した。温か

い釜飯を買って、十一時前だったけど駅前のベンチに座って食べることにした。群馬の空っ風と聞いたことはあったが、確かに風がビュービュー吹いている。釜飯を包んでいた紙や紐、割り箸の袋なんかが何度も風で吹き飛ばされそうになり、まとめて釜飯の蓋を重石にした。天気が良く暖かい陽射しもあったが、空っ風にはまいった。さすがに屋外は寒かった。

三人とも寒さを堪えて釜飯を食べ終え、自販機で買った温かい日本茶でしばしの暖を得た。雪と氷の中綱の寒さとはまた違った寒さだった。体の芯から冷えそうだったので、さっさとゴミを片付けて、次の目的地「アプトの道」に向かうことにした。

「アプトの道」とは信越本線アプト式鉄道時代の廃線敷を、ハイキングコースとして整備した六キロメートルほどの遊歩道だ。古き良き時代の煉瓦造りの建物がいくつか保存されていたり、めがね橋やレンガのトンネルなど見どころ満載だ。しかし碓氷峠だけあって、結構な勾配が続いていた。

歩き始めてしばらくすると、渓と聡子はあることに気がついた。道子が二人を無視して、どんどん先に歩いて行ってしまうのだ。何度声かけしてもお構いなしに先へ先へと行ってしまう。いくら整備してあるとはいえ初めての道で、見どころもいっぱいで、要所要所に建物やトンネルの説明が書いてある。一々しっかりそれを読みたい渓と、それらは一切無視の道子とは、どんどん差が開いて姿が見えなくなることもしばしばだ。

（おかしい。以前はこんなことはなかった）

聡子は不安になった。

（これまでも何度も何度も、みっちゃんとはウォーキングしたことがある。栂池自然園、上高地遊歩道、小谷村の塩の道祭り、光城山のお花見、我が家恒例のダムランチ、白神山地にも行った。奥入瀬渓流も一緒に歩いた。でも、こんなことはなかった。一緒に歩き、言葉を交わし、景色を楽しんできたはずだ。もしかして歳をとって、自分だけ遅れてしまうのが申し訳ないと考えてわざと先へ行っているのか？　それにしても、こちらの呼びかけに答えもせず、ひたすらスタスタ歩いて行ってしまうなんてことがあるだろうか？）

思わず渓が聡子に、

「みっちゃんヤバいね」

と小さな声でつぶやいた。

渓も同じ危惧を抱いた様子だ。

「さすがに、これだけ呼んでいるのに、一人で行っちゃうことはないよな」

「だよね。一緒にペースを合わせて歩けなくなっちゃったのかな?」

「困ったな。しょうがない。走って追いつくぞ。しかし、すっごいペースだな。機関車もびっくりするぐらいの速さだぞ」

必死で追いついて、一緒のペースで歩こうにも本当にびっくりするくらいのスピードだ。景色もへったくれもない。観光地ということで、他にもウォーキングしているグループが結構いる。一回追いついてもまたすごいスピードでスタスタ行ってしまう。半端ない脚力だ。プーがおしっこする暇もないくらいだ。道子の姿を見失わないように、小走りでプーのリードをキツめに引いて、聡子は必死で後を追いかける。追いかけながら考えた。

(よく、認知症の老人の行方不明メールが市から届くけど、こういうことか。本当にびっくりするくらいの頻度で、同じような内容のメールが届く。「七十代前半男性、パジャマ姿」「六十五歳女性、茶色の上着、裸足」など、みっちゃんよりずっと若い人が多い。徒歩では到底行けないような、とんでもなく遠い場所で見つかって家族も驚くらしい。こんな感じの速さでひたすら歩き続けた挙句に、行方不明になってしまうってことなのか?みっちゃんは歳こそ八十七歳と超高齢だが体はピンピンしている。その気になれば、どこまでもどこまでも歩き続けることができるのだろう。六十歳の渓は腰痛と高血圧と夜間頻尿だし、同じく六十歳の私は様々な癌でヨレヨレのポンコツだ。この速さでずっと歩き続けるのは相当キツイ。さっきまで普通にしていたはずなのに、いったいみっちゃんに何が起こっているのだろう？）

正直、心のダメージも相当で、すっかりクタクタになった頃、峠の茶屋付近で追いついた。帰りの時間も考えると、ここら辺で引き返すことにした。とぼけたような表情の道子を促して帰路につくことになった。渓たち夫婦には豹変した道子にかける言葉は見つからなかった。三人とも黙々と歩いた。帰りは下り坂だったので、行きほど大変ではなかった。

道子をシゲちゃん荘に送り届けてから、ヘトヘトになって渓夫婦は家に帰り着いた。

「今日は、蝋梅の香りにもクラクラしたけど、みっちゃんの脚力にもクラクラしたね」

家に帰っての渓の第一声はこれだった。

「これまで、みっちゃんの認知機能の衰えを様々感じてきたけれど、今日はびっくりしたね。一緒のペースで歩けないっていうことは、共感性が薄れてきたからなの？」

聡子が言うと、

「だよね。老人は歩くのがゆっくりになるとばかり思っていたけど、みっちゃんみたいに速くなっちゃう人もいるんだな。人それぞれ違うんだね。もっとゆっくり変電所の説明見たかったのに、残念だなあ」

渓は呑気なものだ。

「それにしても、あのみっちゃんの歩き方はまるでスイッチが入ったみたいだったな。ン？　スイッチオフになったのかな？　ろうばいの郷では俳句の素材のメモをしたり、芥川龍之介が蝋梅好きだったっていうエピソードに食いついたり、普通だったのになあ。どういうことなんだろう？」

渓の違和感の渦がまた広がったみたいだ。

子供の頃の微かな記憶が道子のスイッチを押したのか、それとも認知機能の低下で、共感性が少なくなってきているせいなのか？　何だか、心が騒ぐ一日だった。

道子八十七歳の早春。コロナの話題で世間がザワザワし始めた頃の話だ。

仲良し

みっちゃんのご近所友達の横田さんには、大の仲良しのお婆ちゃんがいる。渓宅の隣家の鈴木さんのお婆ちゃんだ。鈴木さんのお婆ちゃんは、九十一歳で髪は真っ白フサフサでおしゃれさん。いつもニコニコしている可愛いお婆ちゃんだ。

本当の家は東京の狛江市にあって、別荘として主に夏の間、隣家を使っている。いつも、息子さんが車で送ってきて、お婆ちゃんを一人残して帰り、一ヶ月ほどしてお迎えに来る。お婆ちゃんは膝も腰も痛いらしくて、一人で歩くのはかなり大変そうだ。それでも、一ヶ月別荘で一人暮らしが可能なのは、仲良しの横田さんが、折に触れ車でスーパーや病院に乗せて行ってくれるからだ。

聡子がプーの散歩をしていると、大抵、鈴木さんのお婆ちゃんは庭にしゃがみ込んで草取りをしている。その姿をプーが見つけると、嬉しそうに走り寄って行き、お婆ちゃんの

郵 便 は が き

料金受取人払郵便

新宿局承認

2524

差出有効期間
2025年3月
31日まで
(切手不要)

160-8791

141

東京都新宿区新宿1－10－1

(株)文芸社

愛読者カード係 行

お名前《ふりがな》			明治 大正 昭和 平成	年生 歳
ご住所《ふりがな》	□□□-□□□□			性別 男・女
お電話番号	(書籍ご注文の際に必要です)	ご職業		
E-mail				

ご購読雑誌(複数可)	ご購読新聞 新聞

最近読んでおもしろかった本や今後、とりあげてほしいテーマをお教えください。

ご自分の研究成果や経験、お考え等を出版してみたいというお気持ちはありますか。

ある　ない　内容・テーマ(　)

現在完成した作品をお持ちですか。

ある　ない　ジャンル・原稿量(　)

顔をペロペロ舐めまくるのがお決まりだ。

そんな時必ずお婆ちゃんは、

「あら、朝ご飯の卵焼きがくっついていたのかしら？　プーちゃん、美味しかった？」

とニコニコ笑っている。そして、プーが舐め終わると、最後に、

「ありがとうございました」

と手を合わせてプーを拝むのだ。

「お婆ちゃん、何も拝まなくても……。ペロペロされて気持ち悪くないですか？　いつもすみません」

と、聡子が声をかけると、

「あら、ありがたいわよ。この歳になれば、舐めてくれる人なんかいないんだから貴重な体験よ。だから、プー様ありがとうございます、よ。また、来てね」

と、しゃれた言葉を返してくるのだ。

そんな鈴木さんのお婆ちゃんと大の仲良しの横田さんは、お婆ちゃんが別荘に来ると、毎日のように車でやって来る。ウッドデッキで日向ぼっこしながらおしゃべりしたり、肌

寒い日などは、コタツに二人仲良く寝転んでテレビを見ていることもある。横田さんが足の悪い鈴木さんのお婆ちゃんを介助しながら車で温泉に行ったり、買い物に行ったりして出かけることもよくあった。横田さんが何歳なのか聞いたことはないけれど、七十代後半ではないか。とにかく傍目にも仲良しで、見ていてほっこりする二人だった。

ところがある日の夕方、聡子がプーの散歩で林の道を歩いていたら、横田さんの車が通りかかって停まり、しょんぼり降りて来た。

「ねえ、聡ちゃん聞いてよ。今日、鈴木さん家《ち》のコタツでお婆ちゃんとテレビを見てたら、いきなりお婆ちゃんが『あんた、私の靴下、片方盗んだでしょ。どこにやったの？　警察呼ぶよ！』って、すごい剣幕で言うんだよ。いきなりだよ」

「えっ、そんなことある？　鈴木さんのお婆ちゃんが？」

と聡子は思わず大きな声を出してしまった。

「そうなのよ。私もびっくりしちゃってさあ。『お婆ちゃん、勘違いじゃないの？　私がお婆ちゃんの靴下隠すわけないじゃないの。どうしちゃったの？』って言ったけど。『出てけ、ドロボウ。警察呼ぶよ！』って言うんだよ。悲しいやら怖いやらで逃げて来たんだよ。

どうしちゃったんだろう?」

いつも明るい横田さんが、半べそで聡子に訴えていた。

「それでさあ、お婆ちゃんのことが心配だったから、すぐに息子さんのところに電話したのよ。そしたらなんと、『冗談でしょう。ふざけて横田さんが婆ちゃんの靴下、どこかに隠したんじゃないの?』って言われちゃったんだよ。親子してすごいでしょ。もう怖いから私、お婆ちゃんのところに行くのやめた。あなたも突然何言われるかわからないから気をつけて」

と、しょんぼり車に乗って帰って行った。


あまりに不思議な話だったので、プーの散歩をしながら聡子なりにいろいろ考えてみた。

(あのいつもニコニコ穏やかな鈴木さんのお婆ちゃんが、激変するってことがあるのかな? しかも靴下片方盗まれたって、そんなことで怒るのかな? 幻でも見たのかも。なんで? どうして? 不思議すぎる)

結局、さっぱりわからなかったので、家に帰ってネットで調べてみた。

(やはり鈴木さんのお婆ちゃんの頭の中で、何らかの不具合が生じてしまっていたのだろう。認知症の症状には幻視とか幻聴とか、脳の中で不思議なことが起こるみたいだ。お婆ちゃんはもう九十一歳なんだから、長年使っている脳だって膝や腰と同じように、具合が悪くなっても仕方ない。そうだとしても、いつも一緒に暮らしている息子さんやお嫁さんが、そのことに気がつかないってことがあるのかな？）

あまりに不思議だったので、聡子は仕事から帰ってきた渓をつかまえて、かくかくしかじかと一連の出来事を説明してみた。渓は、

「ふうん、靴下片方盗まれたか、すごいピンポイントなトラブルだな。でも『車盗まれた』っていうみっちゃんの事件だってあったよね。やっぱり九十歳近くなると被害妄想が強くなるのかなあ？」

と素直な答えが返ってきた。

「確かに。いくら体は元気でも脳の方は少なからず支障が出てくるのかもね。ネットで調べたら、認知症っていうのは本人には自覚がほとんどないみたいなんだよ。若年性認知症だったら、現役で仕事をしていると、物忘れや失敗では済まないことが多くて比較的早く、本人も周りの人も自覚できるみたいなんだけどね。みっちゃんたちみたいに超高齢者だと、物忘れも失敗も、老化の一言で済まされちゃうみたい。それで気づくのが遅れてしまうん

だよね」

聡子が言うと、

「それにしても、横田さんは災難だね。あんなに優しい人見たことないっていうくらい、親切な人なのに。かわいそうだね」

と渓が言った。

「そこなのよ。そこが一番不思議！　どうして世界一優しい横田さんがターゲットになっちゃったんだろうね。もう少し調べてみようか」

と、二人してネットで調べてみた。渓にとっても、道子のことがあるから他人事《ひとごと》ではなかったみたいだ。

調べた結果、学校や家庭、会社、施設や病院など閉鎖的な環境において、弱者と思われる人が、さらに弱者をターゲットとして、高圧的な態度をとったり、暴言や暴力などの行動をする事例がしばしばみられるとあった。

例えば、施設では弱々しい入居者が新人の職員を、病院では患者が病棟内で最も優しいと思われる看護師をターゲットにして、暴言や暴力行為を行うことがあるのだそうだ。しかし、その行為は他の人が見ていない時に限って行われるので、被害者が訴えても周囲の人に理解してもらえず、発覚するのに時間がかかることが多いのだそうだ。検索結果から、聡子には納得できることがあった。

（他に誰もいない別荘という空間で、鈴木さんのお婆ちゃんが、優しい横田さんにひどいことを言ったのもうなずける。そうだとしたら、鈴木さんのお婆ちゃんの方に何らかの不具合が生じたのだろう。学校のイジメ問題も、どちらかと言うといじめられている方より、いじめている方に何らかの問題があることが多い気がする）

靴下を片方盗まれた事件の翌日、狛江市から鈴木さんの息子さんが車で迎えに来て、何事もなかったかのようにお婆ちゃんを連れて帰って行った。

そして次の年の夏、またお婆ちゃんがやって来た。聡子に言うには、今度は高速バスに一人で乗って来たというのだ。深大寺のバス停まで息子さんに送ってもらったそうだ。

「高速バスは快適よ。トイレが付いているし、荷物は運転手さんが運んでくれるし。私は孤独が好きなの。プーちゃん、またよろしくね」

と、いたって元気そうで、しっかりしているように見えた。

横田さんも、去年あんなことがあったのに、以前と変わらないように毎日車で来て、お婆ちゃんと仲良くおしゃべりしていた。よかったなーと思いながら、ちょっとビクビクしながら聡子は二人を見守っていた。見守りつつ、去年のあの事件は何だったんだと不思議に思っていた。

鈴木さんのお婆ちゃんが別荘に来て一週間ほど経った頃、聡子はまたプーの散歩中に横田さんと会って、びっくりする話を聞いた。

「今朝の四時過ぎよ。お婆ちゃんから電話がかかってきて、『腰が痛くて死にそうだ。私の薬どこに隠した？　病院に連れて行け！』って大声で叫ぶんだよ。朝の四時過ぎだよ。薬を隠してもないし、病院も開いてないから無理だよって答えたら、『あんたが薬隠したの見たんだからね。ドロボウ！』って、こうだよ。もう、びっくりするわ、悲しいわで何にも言わないでピッて電話切っちゃったんだよ」

「そりゃあ、びっくりしたねえ。鈴木さんのお婆ちゃん、この前会った時はしっかりして見えたけど、寝ぼけちゃったにしてはひどい言い方だね」

と聡子が答えると、

「そうでしょ。だから私も心配で、朝の七時頃、息子さんにそのことを電話で言ったら、『ウチの婆さんはボケてない』って言われて、ガチャンって電話切られちゃったの」

「えー。そんなことってあるの？　横田さんがいつもどれだけお婆ちゃんに優しいか知ってるはずなのに。ひどいね」

と聡子が言うと、

「やっぱりお婆ちゃんボケてるよねえ。いくら息子さんが違うって言ってもおかしすぎるよねえ。もう、鈴木さん家《ち》に行くのやめた」

と言って横田さんは帰って行った。横田さんの車を見送りながら、聡子は一人考えた。

（また、横田さんがお婆ちゃんのターゲットになってしまったのか。横田さんが優しいから、怒らないと思ってひどいことが言えるのかな？　お婆ちゃんはきっと狛江の家では、息子さんや息子さんのお嫁さんに気を遣っておとなしく暮らしているのだろう。そのせいで息子さんたちはお婆ちゃんがボケているとは気づいていないのだろう。ボケてるってわかっていたなら、危なくて一人で高速バスに乗せることはできないはずだから。だけど『孤独が好きなの』と言って中綱の別荘に来たものの、一人では思うようにできないこともたくさんあって、優しい横田さんに暴言を吐いてしまったのかも。ボケて脳がうまく機能しなくなるっていうことは本当に恐ろしい。いつもはニコニコ素敵な鈴木さんのお婆ちゃんを、豹変させてしまうのだから）

そんなことがあって、また次の日、息子さんが車で迎えに来て、お婆ちゃんはニコニコ顔で狛江の家に帰って行った。息子さんは本当にお婆ちゃんがボケていることを知らないのだろうか？　息子さんの前ではおとなしくしているからって、一緒に暮らしていて気づかないものなのか？　不思議すぎる。

来年の夏、お婆ちゃんはどんなふうに別荘に来るのだろうか？　再び、横田さんと仲良くおしゃべりできるのだろうか。

すいとんパーティー

みっちゃんは、シゲちゃん荘の近所に仲良しのお友達がいる。お隣の阿部さんと、道向こうの通りに住む横田さんだ。二人とも道子より十歳以上年下のはずだけど、何かと仲良くしている。

移住してきた頃、道子はシゲちゃん荘の裏山を猿の群れが通るのをすごく面白がっていた。小さな子供も入れると五十頭前後の猿の群れが、ゆっくりゆっくり移動していくのを、窓からすぐ近くで眺められるのだ。まるで逆動物園だ。しかも猿の子供たちは実に楽しそうに活き活きと遊びながら進んでいく。何回見ても見飽きることがない。そんなわけでお隣の阿部さんは、猿の群れが近づいてきたことがわかると、道子に電話して、「猿が来てますよ」といつも教えてくれるのだ。

横田さんはいわゆるコミュニティーの情報通だ。わからないことがある時は、横田さんに聞けば大抵教えてくれる。

しかも横田さんは、春には山菜採り、秋にはキノコ採りに誘ってくれる。東京生まれ東京育ちの道子にとって、山菜やキノコの種類はチンプンカンプンで、ましてや食べ方なんて全然知らなかったはずだ。

本当にありがたい人だ。

道子はその二人と、毎年シゲちゃん荘で、すいとんパーティーをするのが恒例だった。昭和生まれのお婆さんたちがワイワイ言いながら、自分たちで採ってきた山菜やキノコを入れたすいとんを作って食べるのはきっと楽しかっただろう。いつもはお酒を飲まない道子だが、車で帰らなくてもいいからお酒もちょっぴり飲んだのだろう。

春になり、コロナが来襲して本格的に日常生活に影響を及ぼし始めた。まず、一緒に行っていた山菜採りに行けなくなった。マスクをして裏山を歩き回るなんて、お婆さんたちには無理なのだ。しかも狭いコミュニティーで、コロナはものすごく恐れられ、必要以上に行動を制限することになってしまった。道子たちのすいとんパーティーも自主規制することになった。

道子自身は車で、とにかくどこかに出かけたいらしく、マスクをして毎日のように午前十一時頃ドライブしていた。聡子は庭で草取りしたりプーの散歩をしていると、そんな道子をよく見かけた。何年か前までは、運転していても聡子を見つけると「プオン」とカッコよくクラクションを鳴らしたり、手を振ったりして合図を送ってくれた。でも最近は、前屈みの姿勢でひたと前を向いて、手を振る聡子に気づくこともなく、通り過ぎるようになっていた。

「みっちゃんは、このコロナ禍のご時世にいったいどこに出かけているのかな?」

ある日、聡子が渓に問いかけると、

「さあね。今どき、俳句も保健センターも、これまでやっていた活動はとりあえず見合わせているはずだけど……。習慣だから、どこかにお昼ご飯食べに行っているかもね」

二人は心配をしつつも、あまり細かいことまで口出しするのは憚《はばか》られた。それというのも、道子という人は、期せずして六十歳目前に夫を亡くしてから、誰にも頼らず一人暮らしをしてきたという自負があるのがわかっていたからだ。ギラギラとエネルギッシュで、何事においてもグイグイと引っ張ってくれたシゲちゃんが急逝して、心細いこともあっただろう。寂しいこともあっただろう。けれどそんなことを周りには見せないで、飄々《ひょうひょう》と一人の生活を楽しんできたように見えた。そんなわけで、親子であろうとやいのやいの口を出してはいけないような暗黙の了解があり、お互い一定の距離を保ちつつ関わってきたのだ。

コロナは人と人との距離を名実共に隔絶した。渓の働く学校というところは、あらゆる意味で菌の巣窟《そうくつ》だ。何百という家庭の、何千の人々の営みがそのまま日々運ばれてくるからだ。

コロナにかかわらず、O157然りノロウイルス然りインフルエンザ然り、小学校や保育園では頭じらみや結膜炎なんかも一度持ち込まれたらあっという間にものすごい速さで広がってしまう。

渓は、いつ自分がコロナに感染してもおかしくないという危機感を常に持っていた。癌ですっかり脆弱な聡子と、ピンピンしてはいるが八十八歳という超高齢者である道子と、どう向き合ったらいいのか真剣に考えて、できる限りの対策をした。

認知傾向が心配な道子には、毎日メールで安否確認をする。週末にはシゲちゃん荘に出かけて行き、お互いマスクをして玄関で必要事項を確認する、といった具合だ。

もう数年前からだが、道子の金銭感覚が、まるでザルだと知っていたので、生活費のチェックも欠かさなかった。通帳を見て、出入金を定期的に確認していたのだ。

ビックリする話だが、道子は年金として月に十三万円ほど収入があったが、なぜか銀行で手元のお金がなくなるごとに三十万円ずつ下ろしていた。年金が一ヶ月おきにふた月分入金されることを知らなかったのか？　家計簿などは一切付けておらず、信じられない早さで銀行の残金が減っていることに全く気づいていなかったのだ。いくら公務員だったシゲちゃんの退職金と多少の貯金があったとしても、そんな生活を七十歳過ぎからずっと続けていたらどうなるかわかりそうなものなのに。認知に問題を生ずるずっと前から金銭感覚ゼロだった。あんなにしっかりして賢そうに見えるのに、それは息子の渓も驚愕する事実だった。

詐欺《さぎ》の危機続々

みっちゃんから、ある夜突然、

「渓ちゃん、電話に出て！」

と渓宅に電話があった。

「出てるじゃん。どういうこと？」

渓が返すと、

「パソコン会社の人から電話あるから電話出て。すぐかかってくるから切るよ」

ガチャン。

すると本当にすぐ電話が鳴って、渓が出ると、

「NTTSダイレクトの○○です。安川道子さんの息子さんですか？」

と言ってきた。

「はい、そうですが、どういったご用件ですか？」

「安川道子さんのプロバイダー契約についてです。道子さんがよくわからないみたいなので、息子さんに確認してほしいということでお電話しました」

「そうですか。どんな内容ですか？」

「毎月お送りしている請求書のお支払いがないのでご連絡しました」

「それは、失礼しました。いつから支払っていないのですか？」

「三ヶ月前からです。ご契約を解除してもよろしいんですか？」

「そうなんですか？　すみません、知りませんでした。母に確認してから私の方から改めて、そちらにご連絡するということでもよろしいですか？　連絡先を教えてください」

その後すぐに、道子に電話して聞いてみたが、要領を得ず、仕方なくパジャマを着替えてマスクをして夜九時過ぎだったが、車でシゲちゃん荘に向かった。

渓は久しぶりにリビングに上がって、いったい何があったのかを道子に聞いてみた。

「さっきの電話どういうこと？　請求書あるの？　三ヶ月も支払ってないって言ってたよ」

渓が畳みかけると、

「あ、あ、わからん。何回も電話がかかってくるんだよ」

「わからんって。僕の家まで電話してくるってよっぽどだよ。請求書どこ？」

「あ、あ……」

「もう、しょうがないなあ。いつも持ってる黒いバッグ見せて」

と渓が黒いバッグをゴソゴソ開けてみると次から次から、出てくる出てくる。

とにかくいろいろなものが出てきた。

ハサミ、簡単スマホ、乾電池、ポリ袋数枚、メモ帳、絆創膏《ばんそうこう》、ペン、電子手帳、マスク何枚か、ハンカチ、ティッシュ、手紙、文庫本三冊、チラシ、レシートいっぱい、クシャクシャの請求書兼振り込み用紙……。

「これだ！　ヤバいな、本当にたまってるぞ。でも、おかしいな、みっちゃんのプロバイダー、この会社じゃないよね。いったい、いつからこの会社に払ってるの？」

「あ、あ、あ、」

道子は、何が何やらわからないみたいで、ただオロオロしていた。

「今、九月だから六月までは払ってたんだな。パソコン見せて、確認するから」

渓が道子のパソコンを開いて確認すると、正規のプロバイダーは別にあって、そちらは電話料金と一緒に口座から引き落とされていた。さっき電話してきた会社のネットは使われていなかった。恐らく知らない間に契約してしまって、知らない間に請求書が送られてきたみたいだ。それで、変に律儀なところが災いしてよく考えもせず、確認もせず、振り込み用紙が送られてくるたびにコンビニに行って、支払っていたみたいだった。ところが、コロナと認知機能の低下のせいで振り込み用紙をバッグに入れるには入れたが、支払いそのものをすっかり忘れていたらしい。それでさっきの電話だったのだ。とにかく道子本人が一番、事の次第を理解していないことは確かだ。もう夜中だったので、改めて渓から、契約の解除をすることにして帰ってきた。

渓は、こんなにも道子の認知機能が低下しているなんてガックリした。

（自分の親ながら、見た目はしっかりしたお婆さんなのに、こんなに社会生活が危ういなんて）

バッグから出てきた請求書は、他にもプロパンガスの支払い、灯油の支払い、浄化槽の点検の支払いなど日常生活に必須なものも多かった。そちらは地元の会社ということもあって支払いだけでは済まなかった。渓が休みの日に会社まで出向いて、道子がボケてしまって支払いが遅れたことを謝り、次からは安川道子宛でなく息子である安川渓宛に届けてもらうように、自宅の住所を伝えてお願いした。後始末に奔走しながら渓は考えた。

お医者さんが認めなくても、本人が認めなくても、ボケているものはボケている。しょうがない。しかし、今どき口座引き落としではなく、ことごとく様々な件に関して、わざわざ振り込み用紙で支払いに行くことを自ら選ぶなんて……。昭和一桁生まれだからなのか、振り込み用紙が届くとコンビニや郵便局に支払いに行くという、車で出かける理由ができるのが嬉しかったからか？　理解に苦しむ。けれど、それもある時から急速にできなくなってしまっていたのだ。一人で社会生活をするのが困難なくらい、十分認知症が進んでいる。今はネットで調べれば、大抵のことは答えが見つかるのに、道子の認知機能の低下に関わる答えは見つからない。フレイルということなのかもしれないが、だったらどうすればいいのか？　誰がどうサポートしてくれるのか？　病院で認知症ですって言われなければ、認知症とは言えない。本人が「ボケてない」と言えば、周りのみんなはボケてない人として扱う。メールや電話で連絡してくるだけの東京の家族は、渓たちがいくら「みっちゃんは、認知機能がかなり低下している」と説明しても理解してくれない。姉の雪野家族も同じだ。渓がどんなに説明しても「年齢なりの老化でしょ」これで終わりだ。コロナを理由に道子の様子を見に来ようともしない。


電話やメールで「大丈夫？」って聞けば、道子は「大丈夫」って答える。

「わかった？」って聞けば「わかった」って答える。

「じゃあね」って言えば「じゃあね」って答える。

金子みすゞの詩みたいだ。

認知機能の低下による、困難さは一切見えてこないのだろう。それでも、どう考えてもボケていることは間違いない。渓たち夫婦だけでも、何とかできるサポートをするしかないのだろう。それにしても本人が「ボケてない」と言い張る以上、今後の生活をどうするべきか？　本人と建設的な話をすることは難しい。運転免許の返納がとにかくハードルが高いのだ。どうすればいいのか？

渓は答えのない難しい問題に、どうしようもない焦燥感を覚える日々だった。


それから二週間ほど経ってまた、夜九時過ぎに道子から渓宅に電話があった。

「渓ちゃん、電話出て」

デジャブだ。

「はあ？　また？　今度は何？　もうプロバイダーは契約解除したよ」

「わからん。電話出て」

ガチャン。

「何だよ。今度は何だ？」

間髪を入れず、すぐに電話がかかってきた。

「NTTです。安川道子さんの息子さんですか？　お支払いがないので、契約を解除しますが、本当に大丈夫ですか？」

「はい。大丈夫です。解除してください」

「わかりました」

「ったく。まただよ。解除したのにまたおんなじこと言ってきたよ。みっちゃんがボケてるからって、ひどい業者だな。しつこい」

「そんなことある？　いくら何でも、ひどすぎるね」

聡子も一緒に憤慨した。

（世の中にはサービスと謳《うた》って、ボケてる老人を狙った詐欺まがいのことが多すぎる。どうやってガードすればいいのか？　あまりにも危うい状況だ）

数日経った日曜日の夜、また道子が、今度は簡単スマホで渓のところに「家の電話が壊れた」と言ってきた。

「電話って、この間壊れたって言って買い替えたばかりでしょ。壊れるはずないよ。今、家の電話からかけてみるから様子見て」

と渓はスマホを繋げたままにして、道子の家電にかけてみた。すると、「その地域の回線は現在繋がらない状態です」と機械音声が流れてきた。

「確かに繋がらないけど、壊れているんなら、そもそもかからないはずだよ。回線がどうとか言ってたよ。今、そっちに行って確認するから待ってて」

とスマホを切った。

「何だよ。今度は何が起こったんだ？　まいったな。しょうがないから行ってくるよ」

渓は、またパジャマを着替えてマスクをして車で出かけて行った。本当にデジャブだ。

しばらくして渓が帰ってきて聡子に言うには、

「電話機は壊れておらず、恐らく先日の電話は本当のNTTで、回線を切断するっていうことだったみたい。嘘みたいな話があるよね。家の電話代の支払いも振り込み用紙だったみたい。それを知らないから、またこの間の詐欺の業者と勘違いして『大丈夫です。解除してください』って言っちゃったんだよ。本当に恐ろしい。もう、みっちゃんには本当のNTTも詐欺の業者も何が何だかわからないんだよ。どうすればいいんだ？」

渓はホトホトまいった様子だった。仕方がないから翌日、聡子からNTTに連絡してシゲちゃん荘の電話を繋げ直してもらった。

聡子と渓は、今の道子の状況に驚愕していた。

二人顔を合わせるたびに、道子の現状と今後について、とりとめもなく話す日々だった。

「こんな危ういお婆さんが、一人暮らしをしていたらヤバすぎる。しかも保健センターの友達も婦人会の友達も俳句仲間も、すいとんパーティー仲間も、みっちゃんがボケているとは思っていないんだよ。これではまるで『ボケてない詐欺』みたいじゃないの？」

「毎日車を運転して、あてもなく気の向くままにドライブしてるんだよ。車を運転しない友達を助手席に乗せて病院に送り迎えしたりしてるし。認知機能に多少問題があっても、それぐらいのことはできるからね。事故でも起こしたらどうなるんだ？」

「怖すぎる。震えるくらい怖すぎる」

　こんな、毎日だった。

　二人の不安は日々膨らんでいった。

「車盗まれた事件」以来、毎年精神科のお医者さんに診てもらっている。けれど道子は認知症ではないという。仮にアルツハイマーと診断されていれば、公的なサービスが受けられるだろうし、何より道子も運転を諦めて免許の返納もスムーズなはずだ。一人暮らしではなく施設に入ることができれば、今みたいに詐欺に怯えたり、事故や火事の心配をすることもなくなるだろう。親戚や東京の家族も道子の認知的衰えをわかってくれると思う。道子自身も自分の認知機能の衰えを認めざるを得ないだろう。でも、認知症ではないと診断されている。これがフレイルという状態だったとすれば、ものすごく危険な状態だ。こんなにおかしなことばかりあるのに、渓夫婦は八方塞がりだった。

　社会生活がこんなにも困難になってからも、道子本人は一向にそのことを認めようとしなかった。むしろ、うまくできたことは他人がやったことでも自分のお手柄と勘違いしており、失敗したことは聡子をはじめとする他の人のせいにしていた。これはある意味、神様の恩恵かもしれない。自分の衰えを実感しつつ日々を過ごすとしたら、高齢者になるのは恐ろしいことだ。うまい具合に自分の都合のいいように、そうやって自分の中で転換しているから生きていけるのかもしれない。

それにしても、認知症は本人には自覚することが、なかなか難しいものらしい。道子のように五年十年、それ以上かかってゆっくり進行していく場合も多いみたいだ。だとしたら、周囲の人が気がつくのは相当困難なことだ。もしもどこかの国の大統領やどこかの会社の社長が、本人の自覚なく、周囲に気づかれることもなく認知症になってしまっていたとしたら怖すぎる。大事なことを決めたり、集中力を維持することが困難な認知症の症状を、道子のように必死でごまかそうとしたり、他人のせいにしたりするとすれば、社会は混乱必至だ。しかも道子の場合は車の免許返納ということが一番のネックになっている。地方に住む一人暮らしの高齢者には、自家用車は生命線とも言える。社会生活が困難な状況で、それまでの暮らしを一変させてしまう免許返納を決意するのは相当難しいことだろう。

一恵の再来

みっちゃんは、俳句のアイデアに詰まるとよく車で、湿原に出かける。中綱市の水源となっている湧水の湿原だ。

春にはヒメギフチョウという蝶が有名だ。その卵がとってもレアで美しい。ウスバサイシンという特定の植物にパールグリーンの小さな小さな卵を産みつける。ハート形のウスバサイシンの葉をひっくり返すと、高貴に輝く宝石みたいな卵たちが数個くっついている。それを見つけるたびに春の訪れを実感できる。

水芭蕉や座禅草、リュウキンカなどの植物も早春を感じさせる。確かに俳句のアイデア探しにはピッタリの場所だ。

渓たち夫婦の春は忙しい。

山奥の林道際に、旅をする蝶、アサギマダラの卵を探しに行く。イケマという蔓性の、これまたハート形の葉っぱの裏に卵を産む。そのままにしておくと初夏に町の草刈り作業で、車道沿いのイケマは刈り取られてしまうため、卵をレスキューするためだ。

渓の学校の生物室と、家のガレージとで幼虫にし、蛹《さなぎ》にして二週間後、完全変態したところで放蝶する。アサギマダラの蛹はエメラルド色に光り、宝石のようだ。また、次の冬に備えて薪作りもしなければならない。春は、その時期その場所でしかできない重要なイベントが目白押しだ。

そんな春のある日、道子に、

「アサギマダラの卵探しに行こう」

と聡子が電話で誘うと、

「車のオイルが漏れているから行けない」

との返事だった。

「いつから？　危ないね。しょっちゅう点検しているのに変だね」

と聡子が聞くと、池尻町にある、いつも車を点検してもらっている車屋さんに行くのだと言う。そのことを渓に伝えると、

「午前中に卵探しに行って、午後みっちゃんと車屋さんに一緒に行ってくる」

と言う。

それというのも道子は、以前車の詐欺に遭っているから渓は心配なのだ。三年ほど前、道子には中綱の車屋さんに中古だけど気に入った軽の4WD車があった。いつもタイヤ交換をしてもらう顔馴染みの車屋さんだった。自分で契約して前金で百万円以上支払っていたのに、約束の期日を過ぎても納車されなかった。その車屋さんは倒産寸前だったのに、そのことを道子に言わないで、お金だけを目的に契約させられてしまったのだ。結局、車は納車されず、お金も返ってこなかった。

そこで、別の車販売店で改めて今乗っている車を契約し、その時以来三ヶ月に一度点検を受けているのだ。そのことが渓には気になっていたらしい。

何しろ家の車は二台とも二年に一度の車検以外、点検してもらったことがない。それでもすこぶる順調に動いている。「日本の車は優秀だから、そんなにしょっちゅう点検する必要がない」これが渓のモットーだ。それなのに三ヶ月に一度点検していることも怪しいし、そんなに点検しているのにオイル漏れしているのもおかしいと考えたのだ。

午後、渓は道子の運転で、道子のオイル漏れしている軽自動車で出かけて行った。オイル漏れの車も心配だったが、認知機能が衰えてきた道子の運転技能も気になっていたのだ。

渓が帰ってきて聡子に言うには、道子の担当のお兄さんに会って話を聞くことができたとのことだった。

この数年、三ヶ月に一回の点検を受けてきた。チラッとファイルを見たところ、その時によって三万円とか一万円とか、それなりに結構な金額を支払っていた。今回のオイル漏れ修理費については先月の点検で、十二万円の高額な見積もりが出ていた。そのことは道子も知っているはずだが、すっかり忘れているようだった。

それとは別に担当のお兄さんは、しきりに新発売の車の試乗を勧めてきたという。昨今、高齢者に話題の安全ブレーキが標準装備というのが売りらしい。道子はじっと座ってコーヒーを飲んでいたが、渓が試乗を断ってオイル漏れの修理の話をしようとすると、お兄さんが新車のパンフレットを出して、勝手に説明を始めた。お兄さんが、

「いかがですか。これ、いいでしょう」

と道子に向かって話しかけたその時、

「それにする！」

と道子がハッキリ答えた。

慌てた渓は、すぐさま否定して、

「家に帰ってもう少し検討してから返事をします。母に直接連絡しないで、何か連絡があ

る時は必ず僕のところにしてください」

と渓のスマホの番号を教えて帰ってきた。

「いったいみっちゃんはどうしちゃったんだ？　二百万円以上する新車を、ろくに考えも検討もせず、勝手に『それにする』って言ったんだぞ！　危ないったらありゃしないよ」

憔悴した様子だった。帰りはさすがに怖くなって、渓がオイル漏れしていた車を運転した。

「そうなんだ。大変だったね。そんな調子で何でも言われた通り契約していたらお金がいくらあっても足りないね」

聡子が慰めると、

「社会的には、みっちゃんは認知症じゃないでしょ？　『それにする』って何にも考えないで、お兄さんの勧めるままに契約したとして、お兄さんの詐欺ってことにはならないよね。お金も実印も自分で持っているんだから、あの調子でニコニコ勧められたら、すぐ契約しちゃうよ。おっそろしいなー。ああやって、点検に行くたびにどうぞどうぞって大好きなコーヒーを飲ませてもらって、優しくお兄さんが話してくれるんだから、そりゃ毎回点検に行っちゃうよなー。まいったなあー」

渓がグチると、

「それは怖いね。車運転してるだけでも寿命が縮まるのに、認知機能が衰えているのをいいことに、詐欺の餌食《えじき》になっちゃうかもって考えたら怖すぎる。こうしている今まさに、別の詐欺に遭っているかもしれないってことでしょ？」

聡子が渓の言葉に深くうなずき同意した。


彼らの懸念は取り越し苦労ではなかった。

次の日、車の相談をするために、これからシゲちゃん荘に行くことを渓が電話で伝えると、

「あ、あ、今日はダメ。シロアリ業者が来るから」とのこと。

「何？　シロアリ？　こんな寒いところにそんなもんいるわけないでしょ。契約しちゃったの？　何時に来るの？」

「あ、あ、十時」

「もう、またか。いい加減にしてよ。しょうがないなあ……。僕も行くから勝手にお金払わないでよ」

そばで電話の様子を見ていた聡子にはわかった。また、道子が何にも考えないで業者と契約してしまっていたのだ。

渓が十時にシゲちゃん荘に行くと、既に業者は来ていて、作業を始める準備をしていた。挨拶をして、どういう経緯で依頼したのか聞いてみた。道子に聞いてもしょうがないと思ったからだ。

業者は隣町の会社だが、シナノコープと提携していて、シナノコープを通して依頼があったとのことだった。詐欺ではなさそうだし、今更断るわけにもいかないので、作業の様子を見守らせてもらうことにした。作業を見守りながら何となく机の上にのっていたシナノコープの膨大なチラシを見ていたら気がついた。普通の食料品や日用品のチラシの他に、季節限定のオススメとして、シロアリ駆除、床下点検などがセットになって全部で十五万円くらいするプランだ。渓はギョッとした。

慌てて掘り炬燵《ごたつ》の穴から床下に潜って点検作業をしていた業者に声をかけた。

「すみません。ご苦労様です。ここら辺はすごく寒いからシロアリはいないでしょ?」

「そうですね。今のところ見当たりませんね。予防のために駆除剤を散布しておきましょうか?　それから基礎部分の腐り防止のための保護剤を塗っておくこともできますよ」

「いや、結構です。点検して大丈夫なら予防は結構です。作業は終わりにしてください」

「そうですか?　わかりました。台所の下を確認してから終了します」

と言って一時間ほど、床下を点検して作業が終了した。

「終了です。こちらの書類にサインとハンコをお願いします」

と書類を持ってきた。見ると出張費、点検費など、何だかんだで床下に潜っただけで五万円ちょっと払うようだ。薬の散布や床下の補強などをしていたら全部で十五万円では済まなかった。もし、渓が一緒でなかったら、悪い業者じゃなくても今の道子だったら、「散布しますか?」と聞かれれば「散布します」、「床下を補強しますか?」と聞かれれば「補強します」と答えていたに違いないからだ。

書類にサインとハンコを押して、「支払いは現金ですか?」と渓が聞くと、

「シナノコープの口座から引き落としなので大丈夫です」

とのことだった。業者はあっという間に片付けをして、さっさと帰って行った。

(どうしてこうも次々と、びっくりするようなことが起きるのか?)

渓がふと道子の方を見ると、何でもない顔で歳時記を見ていた。

「どうしてシロアリなんかいないのに頼んじゃったの?」

思わず強い口調で聞くと、驚いた顔で、

「あ、あ、だって聡ちゃんが床がブカブカするって……」

モゴモゴしながら道子が答えた。

「また？　またそんなこと言う！　聡ちゃんがそんなこと言うわけないでしょ。自分でシナノコープに申し込んだんでしょ？　人のせいにしたらダメだって前にも言ったでしょ」

「あ、あ、忘れた。友達が言ったんだったかな？」

「またなの？　何でも都合が悪いことは忘れたって言うよね。まるで政治家みたいだな」

「政治家？　アハハ」

「あははじゃないよ。全くもう、寿命が縮まるよ。これじゃあ、お金がいくらあっても足りないよ」

「あ、あ、大丈夫だよ」

「大丈夫じゃないから、僕が来ているんでしょ。僕が来なかったら十五万円以上支払わされていたんだよ」

「あ、あ、あたしゃ大丈夫なの！」

「いい加減にしてよ。みっちゃん、一恵お婆ちゃんみたいだよ」

「あ、ここはあたしの家だから、あたしがどうしたっていいでしょ」

「良くないでしょ。もらっている年金よりずっとずっと消費してるよ。このままだったら大変なことになるよ。どうするの？　意地張って見栄張って、すぐ人のせいにして、言い訳して……一恵お婆ちゃんにそっくりだよ」

「あ、あ……」

その時、渓は祖母の一恵を思い出していた。一恵お婆ちゃんは道子の母だ。道子の実家である三鷹の久美子おばさんの家に同居していたが、八十歳過ぎて認知症状が出た。お財布を盗まれたとか、指輪がなくなったと騒いで、そのたびにおばさんのせいにして、いっとき三鷹の家族は騒然としていた。結局、久美子おばさんのメンタルが消耗してしまい、一恵お婆ちゃんは奥多摩にある老人施設に入居することになった。十年以上入居して九十二歳で亡くなった。渓は三鷹の家が騒然としていた頃に、心配した道子と一緒に訪ねて行った。強張《こわば》ったその表情は、子供の頃見た優しい一恵お婆ちゃんとは違う人のように見えた。

（今のみっちゃんは、あの時の一恵お婆ちゃんそっくりだ。見た目だけでなく、言い訳する言い方も、人のせいにする言い方もそっくりだ。あんなに嫌っていた、嫌うあまりに家出までしたみっちゃんなのに、一恵お婆ちゃんにそっくりだ。悲しいな。親子ってこんなところまで似てしまうのか。みっちゃんが一番なりたくなかった、見栄っ張りで意地っ張りのどうしようもない婆さんになってしまった)

渓は途方に暮れた。戸惑いながらも、これ以上道子に話してもどうしようもないことはわかっていた。仕方なく、

「みっちゃん、今度、何か申し込んだり、契約したりする時は詐欺も多いから必ず相談してよね。心配しているんだよ。必ずだよ。じゃあ今日は帰るね」

そう言って、家に帰った。

そのまま家に向かうとすぐ着いてしまうので、渓はガソリンスタンドに寄ってから帰ることにした。頭を少し整理したかった。車を運転しながら必死で考えた。

(車の件と言い、シロアリ駆除の件と言い、あまりにも危なすぎる。今回はたまたまアサギマダラのおかげで電話したから気がついたけど、いつもそうできるとは限らない。っていうか、いったい僕の知らないところでどれだけ詐欺に遭っているんだろう? 詐欺に遭っていたとしても、僕にバレると怒られるから恐らく隠しているだろう。いや、そもそ

も隠せるくらいならまだマシだ。認知症がそこまで進んでいないってことだからな。今日のシロアリ駆除は詐欺でもない。みっちゃんが自ら依頼したのだから。シナノコープはいろいろな物を家まで届けてくれるから便利に違いない。けれど認知に問題がある人にとっては底なし沼みたいなものだ。お米からお墓まで注文しようと思えば信じられないくらい多くの物や、高額の注文ができてしまう。おまけに代金は口座引き落としなので、残金さえあれば際限なく引き落とされる。ヤバいぞ。本当にヤバいなー。それにしても、この無防備なお婆さんが一人で暮らしていくことは危険すぎる。とにかくどうにかしなくては。かといって僕の家で一緒に暮らそうとはとても言えない。このコロナ禍に、マスクもしないで毎日プラプラ車で出かけて行くみっちゃん。一方、聡ちゃんは癌でヨレヨレの体だ。その上最近、みっちゃんは何かというと自分が失敗したことを聡ちゃんのせいにする。三鷹の一恵お婆ちゃんと同じだ。同居するのは到底無理だろう。だとしたらみっちゃんが入居できる施設を、本気で探すしかないのか）

渓は、その時強く思った。

（施設の件を聡ちゃんと真剣に考えてみよう。しかも早急に）

道子が八十八歳の五月下旬のことだった。

二重人格？　まだらぼけ？

みっちゃんの様子窺《うかが》いから帰ってきて、渓が何だか暗い表情で、

「みっちゃんがしばらく前から二重人格みたいだ」

と聡子に言ってきた。

「確かに、すごくボンヤリ呆けたような時と、前のようにシャッキリ賢そうな時とあるよね。でも、二重人格ってことないでしょ」

「じゃ、どういうことなのかな？」

「まだらぼけって、聞いたことある？」

「あるような気がする。でも、どういうこと？」

「多分、ボンヤリしている時がボケている時で、シャッキリしている時が前みたいにしっかりしたみっちゃんなんだと思う」

「それで、あんなにおかしいことばかり言ったりやったりするのに、本人も周りの人もボケてないって言うのか？」

「多分だけど、病院に行ったり、友達と会ったりする時は、みっちゃんなりに気合を入れてシャッキリを保とうとしているみたい。でも、一人でいたり、疲れていたり調子が悪いと、シャッキリできなくてボケっとしちゃうんじゃないかな？」

「なるほどね。まだらぼけって、みっちゃんにピッタリだね。ずーっとボケているわけじゃないけど、ボケている時はかなりボケてる。今までのいろいろな不可解なことに納得できる」

しばらく考えてから渓は、

「でも、こんなに毎年認知症疾患外来で検査をしてもわからないってどういうこと？」

と悲しそうに言ってきた。

「そりゃあ、私にもよくはわからないけど、お医者さんが認知症ではないというからには、それなりの根拠があるんだと思う。でも年寄りが百人いたら百人それぞれの認知症の症状があるっていうことじゃないのかな？　認知症ではないって言っても、アルツハイマーではありません、レビー小体型ではありません、ということであって、他にもマイナーで、まだよく解明されていない認知症があるんじゃないの？」

と聡子が考え考え言った。

「だよね。人生いろいろ、認知症もいろいろなんだよ。でも、それって我々以外、誰にも理解してもらえないね。肝心の認知症疾患外来のお医者さんがわからないんだから雪野姉さんや久美子おばちゃんに言ってもわかってもらえないよ。おばちゃんなんか、何回電話でみっちゃんがこの頃ボケてきたみたいって言っても、『お姉ちゃんはボケてない！』って電話切っちゃうしな。困ったな」

と渓がぼやいた。

「本当だね。あんなにたくさんの詐欺に遭ったり、失敗をごまかしたり、人のせいにしたりしているのに、周りの人は正しいのはみっちゃんで、我々が年寄りイジメしてるって思っているのかな？　怖すぎるね。こんなに毎日、近くで詐欺に遭わないよう気をつけたり、失敗の後始末したり、ご飯ちゃんと食べてるか気遣ったりしているのにね。それって理不尽すぎる。本人があんなにわからないんだから、せめて家族や親戚ぐらい、力を合わせて見守るっていうのが理想だよね」

聡子も同意した。

「雪野姉さんも久美子おばちゃんも、前から二年に一回くらいしか会ってなかったけど、最近はコロナで実際会うのも難しいしな。電話やメールじゃ、あのボケ具合は伝わらないんじゃないかな？　ちょうどみっちゃんの誕生日が近いから、せめて今度の日曜にリモート家族会議でもしてみる？」

渓が提案した。

「そうだね。せめて顔を見たら、お互い何か感じることがあるかもしれないしね」

と活路を見つけた気がして聡子も賛成した。

ということで、次の日曜日のお昼にシゲちゃん荘で渓と聡子、道子、雪野姉さんと旦那さんと息子、娘の七人でリモート家族会議をすることになった。渓夫婦の娘の美波は、仕事で会議に出られず残念がっていた。

日曜日、シゲちゃん荘でパソコンの設定をして、ちょっと緊張してみんなが繋がるのを待った。

「おーい。みっちゃん元気？」

甥っ子が眠そうな顔で繋がってきた。ほぼ同時に他のみんなも、「久しぶり」とパソコン

画面に映り込んできた。すると静かにしていた道子が、急にスイッチが入ったみたいにシャキッとして、

「ヤッホー。元気だぞー。よく映ってるね。すごいすごい」

と、いつもの十倍くらいの元気さ加減でパソコン越しにはしゃいで見せた。

「東京はコロナで大変でしょ？　みんな大丈夫？」

聡子が誰にともなく言うと、

「私、もうとっくに感染しましたー」

と姪っ子が明るく返してきた。

「そうなの？　大変だったね。どんな感じだった？」

渓がすかさず興味津々に聞き返すと、

「もう大変だったよ。インフルエンザの五倍くらい大変だった感じ」

「難しいたとえだね。まあ、とにかく大変だったんだね。元気になってよかった。こっちは滅多にコロナになった人に会えないから、貴重な感想だな」

渓が感心しながら言うと、

「コロナになったのひと月前だけど、まだ咳出るし、だるい時もあるよ」

と姪っ子が、さもだるそうに答えた。

「それより、みっちゃん元気そうでよかった。お誕生日もうすぐだね。何歳だっけ？」

と雪野姉さんが声を発した。

「あ、あ、八十九歳」

道子が考えながら答えると、

「へー、すごい来年九十歳じゃん」

と甥っ子がニコニコ入ってきた。

「エヘン。すごいでしょ、超高齢者だよー」

と道子は、大きく手を振りながらことさら元気そうに答えた。

「みっちゃんまだ、車運転してるの？　この頃高齢者の事故のニュースすごくあるでしょ？　大丈夫？」

姪っ子が聞いてきた。

（さすが若者は、我々が思っていても口に出せないことをストレートに言ってくるな）

と聡子が内心感心していたら、道子が、

「ナーンも、何年優良運転手やってると思ってるの？　あたしゃ車の運転ができなかったら死んだ方がマシだよ」

と即座に答えた。

「へー。そうなんだ。じゃ、いつ運転免許返納するの？」

またまたストレートに忖度なしで姪っ子が聞いてきた。

「んー。そりゃ、あと五年。せめて九十五歳くらいまでは運転させてくださいよー」

少し芝居がかった感じで、いかにもカラ元気という体で道子が答えた。

「はあ？　九十五歳？　ウソでしょ。いくらなんでもそんなの危なすぎるよ」

甥っ子が真顔で言ってきた。

「ンア、客観的証拠があれば返納するよ。キャッカンテキショウコがあればね！」

孫たちの素直な言葉に何を血迷ったのか、道子が開き直って捨てゼリフを吐いた。

恐ろしいことに、毎年やっている認知症の検査のせいで、認知症ではないとドクターがお墨付きを与えてしまった形になってしまった。親世代は孫と祖母のパソコン越しのその応酬を、オロオロしながら見守っていた。あんなにボケている時はすごいボケているのに、事、車の運転のことになると道子も必死だ。

「いくら中綱が田舎だって、さすがに九十五歳で運転はまずいでしょ」

姪っ子が心配そうに言うのを見て、聡子が思わず、

「東京と違って中綱では車がなかったら、病院にも俳句の会にも保健センターにも行けないんだよ。運転免許返納って言っても簡単にはいかないのです」

と、道子の弁護を口走っていた。

本当は免許を返納してほしいと一番願っているはずの聡子が、道子に代わって弁解してしまっていた。渓が、

「まあまあ、とにかくお互い元気そうでよかったです。また、会えるようになったら、みんなで中綱に来てね。ちゃんとワクチン打ってね。今日はこのくらいで、一旦終了しようか。みんな、休みの日にありがとう」

と家族会議の終了を告げた。

渓も、孫たちに追い詰められて開き直る道子を見ていられなくなったのだ。唐突な終わり方だった。道子はエネルギーを消耗してしまったかのように、呆けた表情で掘り炬燵の縁に座っていた。さっきのカラ元気はどこに行ったのか？　本当にびっくりするくらいお婆さんの表情をしている。体も心なしか小さくなったみたいだ。

「車のことは、また今度話そう。この頃、いろんな詐欺に遭ってるし、だいぶみっちゃん

の判断力は鈍っていると思う。僕だって心配だよ。自分でもそう思っているんでしょ?」

と渓が声をかけた。道子はそれに答えることなく黙ったままだった。

道子は自分でも自分がどんなに危うい状況にいるのか多少はわかっているのか? それとも本当に自分はボケていないと固く信じているのか? 聞きたいけど声に出して聞いたら、きっとまた「わからん」とごまかされるのが怖くて、聡子も黙ったままだった。

遠く離れた家族に、少しでも道子の現状を理解してもらおうと提案したものだったが、予想に反して、とにかく神経が疲れるリモート家族会議となった。

あたしゃ、病院大好き

みっちゃんから渓宅の家電に電話が来た。七月下旬のことだ。夜八時過ぎだったので、渓が帰っていて電話口に出た。

「こんばんは。渓ちゃん、すみません。あ、あ、中綱病院から手紙で、あ、あ、ご家族と一緒に受診しなさいって書いて来たんだけど。あ、あ、一緒に行ってくれる?」

「はあ、どういうこと？　みっちゃんがすごい病気ってこと？」

「んなわけないじゃん。あたしゃすごい元気だよ」

「だよね。この間もラーメンと餃子モリモリ食べてたもんね。じゃ、どういうこと？」

「あたしゃ、わからん」

「わからんって、手紙来てるんでしょ。何て書いてあるの？」

「六月にやった『健康診断の結果をお知らせしますので、ご家族と受診してください』って、書いてあるよ」

「そうか、健康診断の結果か。どこか具合が悪くて受診したんじゃないんでしょ。歳が歳だから超高齢者の人には家族が付き添うことになったのかもな。でも、困ったな、僕は仕事あるし、平日の病院が開いてる時間は授業中だからな。聡ちゃん行ってくれるかな？　聡ちゃん、みっちゃんの付き添いで中綱病院に健康診断の結果聞きに行ってくれる？」

「いいけど。私じゃなくて実の息子が付いて行った方がいいんじゃないの？」

「だって健康診断の結果の説明なんだって。お願い、行ってよ」

ということで、不承不承、聡子が一緒に行くことになった。聡子は病院が大嫌いだ。自分が大きな病気で様々な病院に何度も何度もお世話になってきたせいか、大きな病院ほど敷居が高くなり、できることなら付き添いであろうが何だろうが行きたくない。しかしそうも言ってはいられないと諦めた。

聡子は道子の診察券のナンバーを聞いて、中綱病院に予約の電話を入れた。

お医者さんが月曜日の午前中しか診察していないそうで、二週間後の朝十時に予約が取れた。あとで病院のホームページを調べたら、道子が受診するのは内科で、副院長先生が担当だった。どうりで二週間も先になってしまうわけだ。

当日、それぞれの車で来院し、病院の待合室で待ち合わせすることになった。またまた道子は病院のあと、保健センターの会議室で何かの会があるからということだった。

聡子が九時四十分頃、早く着きすぎたかなと思いながら待合室に行ったら、既に道子は来ていて、座って文庫本を読んでいた。

「おはよう。みっちゃん。早かったね」

と聡子が声をかけると、道子はゆっくり顔を上げて、

「おはよ。あたしゃ、九時前から来てたよ」

「えっ、だって予約十時だよ。早すぎでしょ」

「シア、本読んでたから、全然大丈夫」

（そういう問題じゃないんだけど）

「診察券、もう出した？」

「あ、あ、まだ、あんたが来てからと思ってたよ。出しとけばよかったんだ」

「いいよ。今から出してくるから、ちょうだい」

聡子は診察券を預かって受付機械に通して、確認の紙と一緒に内科の受付に出した。

「安川道子さん、ご家族と一緒ですか？」

受付の看護師さんに声をかけられて、聡子が、

「はい、長男の嫁の聡子です」

と返事をした。

「しばらくお待ちください。そこの血圧計で血圧を測って、出てきた紙をファイルに挟んでおいてくださいね」

と看護師さんが聡子と道子を確認しつつ声をかけてきた。それから三十分ほど待った。

十時の予約なのに既に十時半を過ぎていた。

（これだから大きな病院は嫌だよね）と思った頃、聡子の心の声が聞こえたのか、

「あたしゃ、病院大好き」

と唐突に道子が話しかけてきた。

「子供の頃、注射でみんな泣くでしょ。でも平気な顔してたら、『みっちゃん偉いねっ』て、看護婦さんに褒められたからかもね」

「私は大っ嫌い。もう何度もお腹を切ったり貼ったり切ったり貼ったりして、だいぶ痛い目に遭わされているからね……」

聡子は癌で十年ほど前から何度も手術入院を繰り返し、そのたびに、いろいろな面で死ぬ思いをしてきた。そのことを道子が知らないはずはないのに随分無神経な物言いだと、少し悲しい気持ちになった。

「あんた、そうだっけ？」

なんて噛み合わない話をしていたら、「安川道子さん、七番診察室にお入りください」と、ようやく診察の順番が回ってきた。

そこは診察室というより、秘密基地みたいなこぢんまりした部屋で、お爺さんのお医者さんが座っていた。

（この人が副院長先生か）と思いつつ、

「安川道子の長男の嫁です。よろしくお願いします」

とまず聡子が挨拶をした。

副院長先生の後ろにひっそり立っていた年配の看護師さんに促され、道子と共に椅子に腰掛けた。

「六月の健康診断で安川道子さんの肺に影が見つかりまして。これです。肺癌です」

とパソコン画面の肺のレントゲン写真を指しながら説明が始まった。

「えっ、肺癌ですか？　メモしていいですか？」

聡子はちょっとビックリしつつも、咄嗟に持参していた大きめのノートを取り出して、お医者さんにメモの許可をとった。

「どうぞ。メモしてください。いいですよ。安川道子さん八十九歳、六月の健康診断のレントゲン撮影で肺癌が見つかりました。それで、七月に血液検査とＣＴ検査と細胞を採って検査する細胞診っていうのをしました。検査の結果は肺腺癌です。ステージ3、去年はステージ2だったけど少し大きくなってますね。ほらここ、心臓にくっついちゃったでしょ。モヤモヤしている白く見えるところが癌です。こことここ、広がっているでしょ」

パソコン画面で去年と今年の二枚の画像を並べて見せながら、道子の肺にできたモヤモヤした癌を指差した。

「はい？　去年？　去年の七月から肺癌だったんですか？」

「そうですよ。去年もご家族に来てもらってくださいって連絡したはずだけど、そのままになってますね。また今年、健康診断で肺癌ってことなので、ご家族に来てもらってくださいと連絡した次第です」

「はあ、そうなんですね」

と答えつつ、聡子のグルグルが回り始めた。

（知らなかった。去年から肺癌ってわかっていたはずなのに、なんでみっちゃんは私たちに何にも言ってくれなかったんだろう？）

「それでですね。安川道子さんのご家族は他にいますか？」

「東京に主人の姉家族がいます。道子の夫は三十年ほど前に膵臓癌で亡くなりました。道子の妹家族も東京にいます」

「そうですか。それではそのご家族と、これからどうするかをご相談してください」

「どうするって、どんな選択肢があるんですか？」

本当は、聡子はよく知っている。何度も肺癌の人の闘病を見てきたから。仕事の同僚だったり、同僚の旦那さんだったり、聡子自身が入院した同室の、言わば同志と呼ぶべき共に癌と闘った仲間たち。たくさんの肺癌の人と、その闘いを知っている。それが、どんなに辛く苦しく悲しいものかを聡子はよく知っている。

しかし、道子は去年から肺癌と診断されていたのに、今、聡子の隣で、まるで他人事のようにボンヤリしてお医者さんの言葉を聞いている。

「治療法としましては、抗癌剤や手術などがあります。抗癌剤はうちの病院でできますが、手術となるとなにぶん心臓にくっついちゃっているので、うちでは無理です。信州大学病院に紹介状を書きますので、そちらでなら手術してくれると思います」

(信大病院か。いくら丈夫な人とはいえ、齢九十になろうというお婆さんがそんな大手術に耐えられるわけない。しかも松本まで車で一時間以上、混んでいれば信大病院まで一時間半はかかる。バスや電車、タクシーなどを使って通院することは費用面でも時間的にも非現実的だ。渓ちゃんにしても私にしてもこのコロナ禍に信大病院まで付き添うのは様々なリスクが高すぎる。ましてや、みっちゃんが、一人で通院できるとは到底思えない)

聡子の頭の中で、様々な思考がグルグル回っている。

「抗癌剤治療と言っても、この年齢で耐えられますか？」

　聡子が思わずお医者さんに質問すると、

「今は、昔と違って良い抗癌剤がいろいろあるんですよ。遺伝子適合薬という、その人のＤＮＡに合わせた抗癌剤だってあるんです。とはいえ、ここまで癌が広がっているとご高齢だし、効き目がどの程度見られるかは断言できませんね。手術も相当なリスクであることは間違いありません。とにかく去年ならまだしも、一年以上ほったらかしだったんですから。こんなに癌のモヤモヤが広がっちゃっているでしょう？」

　とまた、お医者さんは画像を指差した。

「すみません。もし何も治療しないとしたらどうなりますか？」

「余命ってことですか？」

「そうです。そんなにリスクがあるなら、この年齢でなるべく、痛い思いや苦しい思いをせずに過ごすという選択肢もあると思うのですが、どうですか？」

「それは……。私の口からは言えませんよ」

「どうしてですか。本人にだって家族にだって、それなりの覚悟や準備が必要です。わかるなら大体でいいので教えてください」

「余命は軽々に言えないことになっているんです。なぜなら余命一年と言って五年生存していたりすると、東京の娘やら、東京の娘やらに散々、文句言われて訴えられたりするからです」

（なんで東京の娘を二回も繰り返したんだろう？　もしかしてうちと同じような事例がたくさんあって、本当に家族から訴えられて裁判沙汰になっているのかも……）

などと、聡子が考えていると、

「なんで？」

不意に、診察室に入って初めて、小さな声で道子が言った。

「なんでって、そりゃあお金が絡んでくるからでしょうね。家族も必死ですよ」

お医者さんが少しムッとした様子で答えた。

（ハハアン、この人は、きっとどこかの誰かの東京の娘に訴えられているんだね。田舎の病院あるあるなのかも。年老いた親を一人残して都会に住む家族が、余命の年数が違うと文句を言ってくるんだ。大変だね）

しかし聡子もこれまで、だてに長いこと癌患者として、生死の狭間を彷徨ってきたわけではない。お医者さんとの深刻な会話は何度も経験がある。

（こんなことで引き下がっている場合ではない！）と自分に気合を入れて食い下がった。

「先生も大変ですね。いろいろありますよね。でも、私も家に帰って主人や他の家族に説明しなくちゃならないんですよ。今後について相談するためにも、大体でいいから一般的な話として教えてくださいよ」

「うーん、一般的にって言ってもですね。うーむ。ま、余命一年ってとこですね。あくまで一般的な話ですよ。人それぞれ違うんだから……余命一年って言ったって半年で亡くなる人もいれば、五年十年生存する人もいるんです。余命一年っていうのはあくまで大まかな一般的な話です」

（ようやく重い口を開いてくれた）

「わかりました。ありがとうございます」

と答えて、そっと道子の方を見ると、他人事みたいにぼーっとした顔で座っていた。

「それで、今後どうしたらいいですか？」

「ご家族で治療方針を話し合ったら、二週間後にまたいらしてください。その時に具体的なことを決めていきましょう」

「はい。ありがとうございます。どうぞよろしくお願いします」

と言いつつ聡子は隣の道子を手で促しながらお辞儀をして、診察室を出た。

部屋を出るや否や道子が、

「あんたってすごいね。よくお医者さんとあんなに話せるね。あたしゃ話が速すぎて何言ってるかさっぱりわからなかったよ」

と聡子にはっきりと言った。

「そうなの？　それでほとんど話さなかったの？　ゆっくり説明してくれてたよ」

「そう？　何もわからなかった」

（もしかして余命一年にビビってるのかな？　それとも、本当にわからなかったのか……だとしたら、大変なことだ。去年から肺癌だったのに、そのことが理解できなかったというのか？　ヤバいのは、肺癌よりもそっちの方だ。こんなにも認知症が進んでいるとは……まいったな。渓ちゃんになんて説明すれば理解してもらえるだろう）

混乱したまま二人並んで座り、黙ったまま待合室で診療費の精算を待った。すると、さっき診察室にいた年配の看護師さんが近寄ってきて、

「安川さん、ご心配でしょう。もし、介護とか心理の面で必要でしたら、うちの病院のソーシャルワーカーがいますので、そちらに相談することもできますよ」

と声をかけてくれた。聡子は道子に確認もせず即座に、

「お願いします。どうやって予約すればいいですか？」

と答えていた。

「では、二週間後の先生の診察の後に、ソーシャルワーカーと面談できるようにこちらでセッティングしておきます。それでよろしいですか？」

「はい、お願いします。みっちゃんいいよね。相談した方が安心だよね」

と聡子が食い気味に道子に声をかけると、我に返ったようにハッとした様子で、

「う、うん、そうします」

と道子から返事があった。

診療費の精算は、慣れているのか、名前を呼ばれるとパッとお財布を出して道子が自分でさっと支払いを済ませた。それまでと違って素早い行動だ。聡子は頭が混乱していたが、あえて肺癌のことは話さずに、

「また二週間後の八月二十二日、月曜日の午前十時に病院だよ」

と次回の診療の予約票を見ながら道子に説明すると、

「待って、メモするから」

と例のメモ帳を出して細かい文字で予定を書き込み始めた。それを聡子が制して、

「予約票があるから大丈夫だよ。ここに入れておくね」

と診察券を返し、予約票を持参したクリアファイルに入れて、道子のカバンに滑り込ませた。それから、道子はいつもの保健センターに行くというので、駐車場で別れて聡子は家路についた。


帰ってすぐiPadを起動させて、さっきの病院でのやりとりをメモを見ながら文章に起こした。聡子は教員時代、学校の講演会の書記をしょっちゅうやっていたので、人が話した内容を文章にまとめるのは得意な方だ。それでもあまりに生死に関わる生々しい話なのと、それ以上に道子のあまりのとぼけた様子に心が動揺していた。

(一年以上も我々に、肺癌だったことを故意に隠していたのか？　それとも本当に認知症が想像以上に進んでいて、自分が肺癌ということも理解できていなかったというのか？だとしたら本当に大変なことだ)

心が動揺しすぎて、また、バクバクが始まって震えるくらい怖くなった。

(自分が肺癌だということも理解できないような八十九歳のお婆さんが、普通に車を運転

している。普通にガスを使って料理して、銀行に行ったり、婦人会の会議に出ている。それってどういうことなのだ？

だって認知症外来のドクターは認知症ではありませんって言ったじゃないの。検査も毎年受けているじゃないの。それなのにそれなのに自分が肺癌で余命一年って理解できないってことある？

あの、みっちゃんが、賢いはずのみっちゃんが、そんなことある？　もし去年、肺癌だってことを我々に心配させないために故意に黙っていたとしても、事ここに至って、家族が病院に呼ばれて、あんなに丁寧に説明してもらって、お医者さんの話が速すぎてわからなかったってことはないでしょ。

あんたすごいねって、あたしゃわからなかったよって、嘘でしょ。あたしゃ病院大好きって言ってたじゃない。肺癌ってわかってたなら、なんで治療しようとしなかったのよ。なんで私たちに黙っていたのよ）

聡子の頭のグルグルと心臓のバクバクはずっと続いて、終わることはなかった。

病院での記録をA４二枚半ほどにまとめて書き終えて、レントゲンの肺の写真も思い出しながらｉＰａｄに指で描いてみた。それは小学一年生の蝶々の絵みたいだった。去年の肺癌と今年の肺癌が並んでいる。癌のモヤモヤがモンシロチョウの紋みたいに見える。それにしても、困ったことになった。いったいどこから手を付ければいいのだ？

聡子の混乱が終わることはなかった。

その夜、渓が八時過ぎに仕事から帰ってきた。コロナのせいで、玄関で着ていた服を全部脱いで除菌スプレーをして、除菌シートで手や触ったところを拭いてからお風呂に直行する。その後夕ご飯を食べながら、ようやく今日の病院での話になった。

「今日、みっちゃんの病院、どうだった？」

屈託のない様子だ。

聡子は用意していた記録の紙を見せながら、

「大変なことになったよ。みっちゃん肺癌だって」

「えっ、肺癌？　それで家族が呼ばれたのか。まあ、歳が歳だからな。ステージいくつ？

ステージ3か。ヤバいな」

癌慣れしている。さすが癌患者の家族歴が長いだけある。記録を見ながら独り言を言っている。

「それどころじゃないよ。去年から肺癌だったんだよ。それを黙ってたんだよ。っていうか肺癌ってわからなかったみたいなんだよ」

「ナニ？　わからないってどういうこと？　自分で健康診断に行ったんでしょ」

「だからヤバいんでしょ。去年も今年も自分で健康診断に行って、レントゲンで肺癌が見つかって、病院でいろいろな検査をして、肺癌なので家族を呼んでくださいって言われてたのに、わからなかったんだよ」

「だって今日は、一緒にお医者さんの説明聞いたんでしょ。なんでわからないわけ？」

「そこにも書いてあるけど『わからなかった』って自分で言ったのよ」

「どういうこと？」

「私が思うに、我々が思っているよりずっとずっと、みっちゃんの認知症が進んでいるってことじゃないですか？」

「何？　ほんと？　そんなに？」

さすがにショックだったのか、渓は黙って記録にじっくり目を通し始めた。

「去年も今年も市から健康診断のお知らせが来たから律儀に健診に行って、再検査しますって言われて検査しに行って、散々検査してから肺癌ですって言われて、家族を呼んでくださいって言われたけど、そのことがわからなかったってこと？　みっちゃんらしいな」

「何呑気なこと言ってるのよ。どうする？」

「どうするって、まじか。ヤバいな」

「まず我々が方針をちゃんと考えて、わかるように説明してあげないと。今日もかなりぼーっとしてたよ」

「だよな。次の通院までに肺癌の治療方針を決めて、しかも認知の方の対策もしなくちゃいけないいんだな」

「そうです」

「心臓にくっついちゃってるんでしょ。癌の専門家の聡ちゃんとしては、どうすればいいと思う？」

「専門家って。好きで癌患者やってるわけじゃないんだよ」

「ごめんごめん。真面目な話、本当にどうすればいいですか？」

「まず信大病院に通うのは無理でしょ。私だって元気な時は一人で車で通院できるけど、検査でヘロヘロの時や具合が悪い時は行けないよ。ましてやコロナでしょ。この頃みっちゃん、マスクしてない時も結構あったよね。あれって認知症が進んでたからなんだね。

マスクできない人は通院も入院もできないよ」

「そうか。だよな」

「丈夫な人だから手術できたとしても、あの歳で何週間もベッドで寝たままだったら、もっと認知症が進んだり、歩けなくなっちゃうはずだよ」

「みっちゃんの隣の家の阿部さんも、毎年冬になると足が動かなくなってずっと入院してるよね」

「抗癌剤治療だってどれだけ苦しいか。お医者さんは新しい薬は苦しくないなんて言うけど、あれだけ広がった癌をやっつけるってことは、患者本人の体がどれだけ傷つくことかわかるでしょ」

「だよね。聡ちゃんも大変だったよね。いろいろ抗癌剤を試したけど、結局死にそうになって、もう要りませんって言って病院に薬を返したことあったよね」

「そうだよ。高額な薬なのに薬のせいで死にそうになったんだよ。癌では死ななくても抗癌剤のせいで、体が弱って死ぬんじゃないかと思ったよ」

「あの歳まで元気に好きなことやって暮らしてきて、肺癌の症状は自覚がないから、お医者さんの説明も理解できないのかな」

「そうだね。きっと我々が手術すると言えばするだろうし、抗癌剤治療するって言えばするだろうし、その結果どうなるかまでは考えられないと思うよ。っていうか、自分が肺癌ってことも一年以上理解できずにいるくらい認知機能が衰えている人が、一人で暮らして車運転して、用もないのに毎日出歩いているんだよ。それってすごく怖くない？」

「確かに。この頃高齢者の車の事故のニュース、やけに多いもんな。本当にヤバい。自分で認知症ってわからないのかな？」

「わからないからこんなことになったんでしょうね。わかりたくないっていうか。これまでも絶対認めなかったもんね」

「年齢なりの老化なんかじゃないよね。絶対認知症だね。なんで認知の検査もしてるのに認知症じゃないってことになったんだ？」

「メジャーな、アルツハイマー型認知症ではないってことでしょ」

「でもＭＲＩだって撮ったでしょ」

「人の脳の中なんて、宇宙より解明されていないことが多いんだよ。人生いろいろ、認知症もいろいろ。ましてやみっちゃんは見栄っ張りだから、お医者さんの前に行くと畏《かしこ》まって、いかにもしっかりした賢いお婆さんっていう受け答えをするでしょ。あの検査は車の高齢者講習で何回もやっているし、お医者さんにもわからないよ。でも、今日は『なんで』しか話さなかったよ。それだけ深刻ってこと」

「困ったなー。どうやって話せばいいんだよ。姉さんたちにも説明するの難しいなー」

などと話しているうちにあっという間に十時を過ぎていた。その日の相談はそこまでにした。渓にとっても相当ショックな出来事だったはずだ。じっくり考えなければ結論は出ないだろう。


次の日、渓が仕事から帰ってから、再び今後の道子の行く末について話し合った。

まず渓が、

「とにかく信大で手術はなしだね。あんなに一年以上も肺癌ってことが理解できないほど認知症が進んでいたんだから、大手術に耐えたとしても、その後の入院生活は無理だよ」

「そうだね。無理だね」

「抗癌剤治療は本人が希望すればしてもいいと思うけど、そうしたらもうシゲちゃん荘で一人で暮らすのは無理でしょ」

「無理だね。大体通院するのも無理だね。あんなに認知症が進んでいるのに車の運転させられないでしょ。怖すぎるよ」

「そうだよね。まずはそれだよ。癌っていったって今はピンピンしてるし、ご飯も聡ちゃんよりたくさん食べてるし、問題は認知症の方だよ。あんなにおかしなことばかり言ったりしたりしているのに、自分じゃまともだと思ってるみたいだし。かといって一恵お婆ちゃんみたいに、何でも悪いことは聡ちゃんのせいにするから我が家で一緒に暮らすのも無理だよな。どこか癌でも認知症でも入れる施設ないかな？」

「そう言えば、認知疾患症外来に行く途中の車の中で、『あたしゃ、どこでも大丈夫。誰とでも仲良くできるよ』って突然みっちゃんが言ったことあったよね。『それって施設に入るってこと？』って渓ちゃんが聞いたら、『そうだよ』って答えてたよね。あの時は深く考えなかったけど、みっちゃんなりに施設入居は考えていた時があったんじゃないの？」

「確かに。そうだね。真剣にみっちゃんに合ってる施設を探すのが急務ってことだな。次の日曜にお昼でも食べながら、そのことまで話せるといいね。そうしよう」

そんなざっくりな結論になった。

（とにかく、みっちゃんの言うところの「キャッカンテキショウコ」は肺癌となったわけで……。これなら東京の家族の理解も得られるはずだ）

渓は道子の運転免許返納と施設入居に向けて、腹を括《くく》る決意をした。

ピンコロを目指したけれど

みっちゃんは保健センターでバランスボールの体操をしている。インストラクターの先生に教えてもらっている。昔、昔、大昔、確か高校生の時、道子は体操部で平均台が得意だったと聞いたことがある。なので未だに、体操は自分が一番上手だと思っているみたいだ。

道子は不思議なくらいずっと元気で、ピンコロを目指してきた。ウォーキングもバランスボールも、スイミングも太極拳だってやってきた。今までに一番痛かった経験は、「洗濯物に紛れて入っていた蜂にお尻を刺された時！」と得意げに答えていた。そんな道子が今、肺癌で認知症かもしれないのだ。

道子の治療方針を決める、日曜日が来た。道子が十一時に保健センターのバランスボールが終わると言うので、渓は十一時半にいつも行く「栞《しおり》」という和食レストランに予約を入れておいた。少しでも和やかな雰囲気で、肺癌の治療方針について話してあげようという、渓の親心、ならぬ息子心だ。渓家から店までは車で十分くらいだ。

まっすぐ家に来て合流したら渓の運転で一緒にレストランに行く予定だった。

ところが、店に予約した十一時半を過ぎても道子は来ない。仕方なくお店に少し遅れる旨の連絡を入れつつ、渓は道子のスマホに何度も何度も電話をし続けた。（途中で何かあったのか？）と嫌な予感が頭をよぎる。玄関の前で聡子と二人ヤキモキしながら待っていると、三十分も過ぎた頃、道子がシゲちゃん荘の方からのんびり歩いて来た。

「よっ！　こんちは」

屈託のない様子だ。

「こんちはじゃないよ。何時だと思ってるの？　なんで電話に出ないんだよ！」

「あ、あ、だって運転してたから……」

「だってじゃないよ。車はどこよ？　保健センター十一時に出たんでしょ。なんでこんな時間になるの？」

「あ、あ、十一時に終わって、マットとかボールとか片付けしてきたんだよ」

この頃、道子は絶対言い訳をする。

「だったらなんで、『片付けするから十一時半には行けない』って予約する前に言わないのよ？　心配するでしょ。お店に迷惑かけるでしょ。ずっと電話しながら待ってたんだよ」

「まあまあ、そんなことより、お店に今から行くからって連絡しなくちゃ。もう十二時になっちゃうよ」

と聡子が間に入った。

二人は、今にも掴みかかりそうな勢いで応酬していた。これまでこんなに険悪な様子は見たことがない。渓も道子もどちらかというと情緒の安定した穏やかなタイプの人間だ。すぐ気分が乱高下する聡子とは逆のタイプの人たちだ。それが真っ昼間に玄関前の道路で、すごい剣幕で親子ゲンカをしている。これから肺癌対応の大事な話をしようっていう、まさにこのタイミングで、何ということだ。

「みっちゃんの車はどうしたの？」

「家に置いてきた」

「ハア？　約束は十一時過ぎだよ。どうしちゃったの？」

「あ、あ、渓ちゃんに家に来てって言われたから、置いて来たんだよ。歩けるように……」

道子は、とにかくウォーキングしていれば足腰が丈夫でいられると信じて、機会あればウォーキングしようと心がけている。それで、「車盗まれた事件」の時に失敗したのに、懲《こ》りていないようだ。

「どれだけ心配して待ってたと思うの？」

また、応酬が始まった。

「まあまあ、とにかく車に乗ってお店に向かいましょう。だいぶ待たせちゃってるよ」

聡子は何とか二人を車に乗せて、出発に漕ぎつけた。車内の雰囲気は険悪そのものだった。これまでに感じたことがないくらいの殺伐とした感じだ。おまけに道子はまたマスクをしていない。

「みっちゃんマスクある？」

聡子が聞くと、

「あ、あ、しまった。保健センターに置いてきた」

やっぱりだ。

「予備があるから大丈夫。これ使って」

と聡子が車に常備していた予備のマスクを出して渡した。今どき、マスクをしていなかったら、どこの飲食店も入れてもらえない。

何だかんだでようやくお店に着いて、遅れてしまった旨を丁寧に謝った。北アルプスの山々と中綱の綺麗な田園風景が見渡せる、大きな窓近くの椅子席に通された。素敵な和風の雰囲気の中、綺麗で目にも美味しそうなランチセットが運ばれてきた。

しかし、考えてみればコロナ禍の中、和やかだろうが何だろうが会話をしながら、食事できるわけがない。三人とも押し黙ってニコリともせずにただ、おしゃれな器に盛られた数々の料理を食べた。渓の作戦は撃沈だ。

（想像以上にみっちゃんの認知機能は後退していると思われた。時間の感覚もすっかり衰えているようだ。忘れないようにメモをしていても、もはやそのメモの内容さえ間違っていたらしい。共感性も全くない。あんなに人を待たせて心配させても「ごめん」の一言もない。自己弁護ばかりだ。これが認知症ってことなのか。あんなに周りの人にさりげなく様々な配慮ができていた人が、こんなふうになってしまうのか？）

渓は何だか悲しくて、美味しいはずの料理が味気ないものに感じられた。

食事が終わり、三人はまた黙ったまま車に乗り、シゲちゃん荘に帰ってきた。聡子がシゲちゃん荘のリビングに入るのは春以来だ。大事な話があるからとシゲちゃん荘の掘り炬燵に向かい合って座った。道子が習慣でお茶をいれようとするのを渓が止めた。

「今日は大事な話があるから座って」

「あ、あ、はい」

二人ともカチカチに固まっている。

シゲちゃん荘の掘り炬燵の上は、埃がたまり、読みかけの新聞にチラシ、赤ペン、クリップ、なぜか輪ゴムや画鋲、ハサミ、虫眼鏡なんかが散乱していた。

(使った物を出しっぱなしにして、ここまで片付けられなくなっちゃったのか？　部屋の中も埃だらけだ。前から多少その傾向はあったけど、それにしても空気も何だか澱んでカビ臭い。確かに何かがおかしい)

聡子は思った。

「あのー。みっちゃん、月曜日に聡ちゃんと中綱病院に行ったでしょ。それでお医者さんから何て言われたか覚えてる？」

畏まった様子で、渓が口火を切った。

「あ、あ、忘れた」

予想通りの道子の答えだ。

この頃、道子の発する言葉は、「わかった」「忘れた」「はい」「できる」などの短いワードばかりだ。

「そうか、そうだと思って、聡ちゃんに記録を書いてもらってきたよ。これ見て」

と聡子が書いたA４の記録に、わかりやすく大事なところに蛍光マーカーペンでラインを引いたものを道子に見せた。さすが学校の先生だ。それなりに、わかりやすく説明するために準備してきたみたいだ。

道子は少し虚《うつ》ろな様子で、記録をぼーっと眺めていた。

「お医者さんがみっちゃんは肺癌ですって言ったんだよね。ほらここ」

「ん、ん、はい」

「それで癌が広がって心臓にくっついちゃっているから、中綱病院では手術できませんって言ったんだよね。信大病院なら手術できるかもしれないって」

「ンア……」

「抗癌剤なら中綱病院でもできますがどうしますかって聞かれたんだよ。ここだよ」

マーカーで色がついた部分を指差しながら話している。渓は、さっき玄関先で丁々発止やっていた時とは違って、優しく、小学生に説明するみたいに話していた。

「あ、あ、そうなんだ」

「でも、みっちゃんはどこも痛くないでしょう？　ご飯も美味しく食べられるでしょう？　さっき『栞』で綺麗に全部食べてたもんね」

「う、うん」

「それで、お医者さんが説明してくれてもよくわからなかったのかな？」

「そ、そうそう」

「そうなんだね。抗癌剤ってわかるでしょ？　シゲちゃんも治療してた時あったよね。覚えてる？」

「シア、覚えてる」

「すごく辛そうだったでしょ？　健康診断で癌が見つかるまではメチャクチャ元気だったけど、病院に行って手術は手遅れでできませんって言われて、仕方なく本人には癌だって内緒で抗癌剤治療したでしょ？」

「あ、あ、はい」

「それでどうなった？　あんなに元気だったのに、抗癌剤でご飯が食べられなくなったよね。見る見る衰弱して、苦しくなって、痛みを抑えるためにモルヒネ打って意識がなくなっていったでしょ」

「ン、あ……」

「シゲちゃんとあんまり話せないうちに死んじゃったね。もっと、いろいろ話したかったのに。一緒にお酒飲みたかったのに。スキーや山登りの話をしたかったのに。仕事の話を聞きたかったのに……。みっちゃん、苦しいの嫌でしょ？」

「いやだ」

珍しく、すぐに答えた。

「痛いのはもっと嫌でしょ？」

「いやだ」

また、すぐに答えた。

この頃、道子が即答することは珍しくなっていた。渓の言っていることが理解できないのか、理解したくないのか、とにかく否定したり、ごまかしたり、うやむやに言葉を返すことがほとんどだった。

だけど、苦しいのと痛いのが嫌なことは、道子の中で、はっきりしているみたいだ。

「わかった。じゃ、手術も抗癌剤治療もしないことにするよ。そりゃ、肺癌が治った方がいいに決まってるけど、もうすぐ九十歳だし、今更苦しいのは嫌だよね。今はピンピンしてるし、自分で肺癌ってわからないでしょ？　今度、聡ちゃんと中綱病院に行った時、お医者さんにそう話すからね」

「あ、あ……はい」

（決まった。肺癌に対しての方針は決まった。さあこれからだ。本丸の認知症かもしれない件についてだ。既にいくつかの詐欺に遭ったり、時間の感覚がおかしくなっていたり、お医者さんの話が理解できなかったり、僕が思うにかなり社会生活が難しくなっていることは確かだ。それにもかかわらず、本人はそのことを必死でごまかそうとしている。近所の人や親戚など、周りの人も少なからず感じているかもしれないけど、歳のせいにしてお茶を濁している。みっちゃん独自の、昔からやってきた大げさにふざけたり、うっかりミスをするキャラをいいことに、「みっちゃんだから仕方ない」で済ませてしまっていることも多い。こんなにも危うい状態なのに。我々夫婦以外、誰も救いの手を差し伸べる人はいない。肺癌で手術もできないくらいの状態で、認知症かもしれないお婆さんを放っておけるはずがない。一刻の猶予もない状態だ。これがフレイルという状態だとしたら、その状態の人が一番危ない。いつ車で事故るか火事を出すか、はたまたこれまで以上にとんでもない詐欺に遭ってしまうか……うっかりミスでは済まされないことばかりだ)
道子があまりに憔悴して見えたので、その日は施設入居の話はやめておいた。
道子八十九歳の夏の出来事だ。

要介護1の壁

みっちゃんが施設に入るつもりがあったことを聡子は知っていた。今みたいにトンチンカンな出来事が、次から次へと起こるずっと前のことだ。

渓家毎年恒例の隣町にある琅鶴梅園《ろうかくばいえん》にお花見に行った時のことだ。梅園を管理するおじさんが、まだたくさん花がついている枝を剪定《せんてい》していた。その様子を珍しげに聡子がじっと眺めていたら、

「枝いる？　好きなだけ持ってって。今年はもう終わりだから」

と言って綺麗な梅の枝をたくさんくれたことがあった。馥郁《ふくいく》とした梅の香りに包まれながら、聡子がふと、

「綺麗な梅。来年は見られないかもしれないから、たくさん匂い嗅いでおこう」

と言ったのを、耳ざとく聞きつけて、

「あんた、私より先に死ぬと思っているの？　私よりずっと若いじゃない」

と道子が言ってきた。

「だって、来年のことなんかここ何年も考えたことないよ。私は今年をどう生き延びるかで精一杯だもの。この体が癌でどれだけポンコツになったか知っているでしょ」

と聡子が言うと、

「そうか、私は一恵さんの娘だから、相当長生きするかもね。それに相当ボケるかも。そうなったら、施設に入るから、聡ちゃん、まだ生きてたらよろしくお願いします」

珍しく、道子はしんみり口調だった。

そんな二人のやりとりを、渓も聞いていて、

「みっちゃんはピンピンしてるから百歳までは絶対生きるよ。聡ちゃんも来年もお花見に

来られるよ。大丈夫」

と複雑な表情で笑っていた。コロナも不可解な出来事も、起こる前のことだ。

だから、渓夫婦は、だいぶ前から道子が快適に過ごせる施設がないか、機会あるごとに探していた。グループホーム的なところや自立型施設など、道子が車の運転ができなくなっても、俳句をしたり体操したり、友達を作って仲良く暮らせるようなところを探していた。

「誰でも入居可」とネットの宣伝文句に書いてあるので、「ここ、いいんじゃない？」とアポを取って見学に行ったことも何回かある。ところがどこも、要介護１以上じゃないと入居できませんと口を揃えたように言われた。

「誰でも入居可って書いてあるのにどういうこと？」と二人でがっかりしたこともしばしばだ。しかも、要介護１以上だとしても、今は満室なので数年待ちと言われたこともある。見学に行くたびに、高すぎるハードルに途方に暮れた。それはまだ、事がこんなに深刻になるずっと前の話だ。

道子の余命宣告があってから、治療方針を話し合い、次の診察予約の日が来た。

渓は月曜なので学校に行った。行く前に、

「聡ちゃん今日はよろしくね。ごめん。結局、聡ちゃんばかりに大変なことさせちゃってるね。本当なら僕か雪野姉さんがみっちゃんに付き添うべきなのに」

と申し訳なさそうだった。

「しょうがないよ。私は癌に詳しいし、大丈夫だから。ソーシャルワーカーさんにも、今後のことをいろいろ聞いてみるから、帰ったら説明するね」

と聡子は気丈に、仕事に行く渓を見送った。

この前同様、聡子は道子と病院の待合室で合流して、主治医の診察を待った。十五分くらい待って診察室に呼ばれた。

「肺癌の治療どうされますか?」

主治医が聞いてきた。

「家族で話し合った結果、高齢なので手術はしないことにしました。今、元気に暮らしているので抗癌剤治療もしません」

と聡子がきっぱり言った。主治医はちょっとびっくりした顔で、

「治療はしないということですか？」

と聞いてきた。

「はい、そうです。次は、いつ通院すればいいですか？」

聡子が聞くと、

「まあ、来年ですね」

と主治医が言った。

「来年？　余命一年ですよね。そんなずっと先でいいんですか？」

と聡子が食い下がると、

「じゃあ、半年後ってことでどうでしょう。ご本人様のご意向を大切にね」

とカルテをしまおうとしていた。

治療しないってことは、病院としてはお金にならない患者っていうことなので、こうもケンもほろろなのか。聡子はあ然としつつも、おとなしく隣で座っていた道子を促して、席を立ち、診察室を後にした。

待合室で診療費の精算を待っていたら、年配の看護師さんが近寄ってきて、

「安川さん、病院のソーシャルワーカーと面談を希望してましたよね。今、病棟で他の患者さんの対応をしているので、もう少し待っててていただけますか？」

と声をかけてきた。

精算を済ませて三十分くらい待っていると、ようやくソーシャルワーカーさんと思われる人が「安川道子さん、いますか？」と遠くから呼びかけてきた。スラッとした中年男性だった。呼ばれた方に道子を連れて行くと、売店の横の空きスペースみたいな空間に案内されて座った。自己紹介を済ませたあと、

「安川道子さん、肺癌なんですね。治療をされないということですが、何か、お困りのことがおありですか？」

と、ソーシャルワーカーさんが聞いてきた。聡子は、

「体は元気なのですが、認知機能の方が最近だいぶ怪しくて、一人暮らしは無理だと思うのですが、何かできることはありますか？」

と聞いてみた。

「私は病院のソーシャルワーカーなので、施設の紹介とかはできないんですが、認知症の認定はあるんですか？」

と聞いてきた。

「毎年、北アルプス総合病院認知症疾患外来に通院して検査しているのですが、ギリギリ検査を通っちゃって、認知症の認定はされていないんです」

と聡子が答えると、

「そうなると、難しいですね。うちの病院でできることはなさそうです。申し訳ありません。それに、ここら辺では、どこの施設も要介護1以上じゃないと入居は無理ですよ。信州包括支援センターというところが、ケースワーカーさんと連携して介護関係のことをやってますので、そちらに行ってご相談ください。とにかく、ご本人様のご意向を大切になさってください。では、失礼します」

とさっさと席を立って行ってしまった。きっと忙しいのだろう。

聡子は、愕然とした。

(これではたらい回しではないか？　ご本人様のご意向って言ったたって、そのご本人様が一番トンチンカンなのに、いったい、どうしろっていうのか？　その包括なんとかっていうところに行っても、きっと同じだ。要介護1以上じゃないんだから。何もできることはないって言われるに違いない。途方に暮れるとはこのことだ。帰って、渓ちゃんに何て言えばいいのだろう?)

　隣で道子は、テーブルに置いてあった、誰かが折った折り紙の花を手に取って何となく眺めていた。

(よかった。みっちゃんには、この八方塞がりの事態が呑み込めていないようだ)

　聡子は小さく深呼吸してから、

「みっちゃん、もうお昼だから、病院のレストランでご飯食べて帰ろうか」

　と声をかけた。

「うん、そうする」

　と道子は久しぶりにニコッと笑った。

　まだ早い時間だったので、レストランには聡子たち二人しかいなかった。聡子は天丼、道子はラーメンを頼んで黙って食べた。聡子には道子に話す言葉が見つからなかった。天丼を食べてはいるが味がしない気がした。しばらくして、道子が、

「諏訪の辺りがいいな」

　と、ポツリとつぶやいた。

「え、諏訪?　諏訪湖の諏訪?　前、御神渡りを見に行ったよね」

と聡子が聞き返すと、

「うん、行った」

とチャーシューを食べながら答えた。

「そうだね。わかった」

そう答えて、聡子はまた黙った。

（みっちゃんは施設のことを言っている。ずっと前に私と約束した時のことを思い出していたのか？　施設に入るなら諏訪湖方面がいいと言っているのだ）

お昼を終えて、駐車場で二人はそれぞれの車に乗って別れた。聡子は帰りに一応今後のこともあるので、信州包括支援センターの場所を確認しておこうと考えた。

しかし、車を運転しながら、聡子の方針は既に固まっていた。

（みっちゃんが希望する諏訪の施設を探してあげよう。久しぶりに自分の考えを言葉にしてくれたんだから。それに応えよう。どうせ包括ナンタラに行っても、介護認定されてなかったら門前払いに違いない）

包括ナンタラの横を悲しい気持ちで通り過ぎた。

家に帰ると、聡子は、猛烈な勢いで諏訪方面の施設を検索した。自立型で肺癌の症状がひどくなっても面倒をみてくれるところがあるはずだ。そう信じて何軒も何軒も検索した。

（プロヴァンス風のおしゃれな施設は、温泉大浴場があって、素敵なレストランがあり、シェフが作る食事が売りだ。なんと月に三十五万円もの諸費用がかかる。いくら肺癌で余命一年と宣告を受けていたとしても、さすがに高額すぎる。一方、別の施設は、夕ご飯だけみんなで集まって賄《まかな》いご飯を食べるが、お昼と朝は個々に自分の部屋で自分で用意して食べる。お風呂は温泉大浴場のこの施設は、高台にあり、諏訪湖が一望でき、月にかかる費用も十万円ちょっとだ。みっちゃんの年金の範囲で支払いができそうだ。でも、最近のみっちゃんに自炊は無理だ。買い物も難しいだろうし、高台だと湖まで大好きなウォーキングに行くのは大変だろう。結構難しい。もっとみっちゃんにピッタリのところはないのか？）

若干の焦りを感じながら二十軒以上検索した。

（それにしても諏訪地域は高齢者施設がすごくたくさんある。知らなかった。諏訪中央病院の鎌田先生が有名だが、他にも大きな病院があるし、きっと医療機関との連携が上手に取れているのだろう。何とか、諏訪湖沿いに整備してある遊歩道でウォーキングができて、温泉に入れて、三度の食事が美味しくて、お値段もお手頃でって欲張りすぎか……）

明日にしようかと半ば諦めかけていた時、見つけた！

そこは諏訪湖沿いに建っていて、二階のレストランは全面諏訪湖ビューだ。しかも元板前さんが美味しい三度の食事を作ってくれるという。もちろん温泉旅館みたいな広い大浴場完備だ。何よりそこが素晴らしいのは、クリニックと連携していて、看護師さんは常駐していないが、何かあるとクリニックのお医者さんが往診してくれる。大病院とも連携している。自立型施設だが、認知症や病状が悪化しても連携施設に入居ができることになっている。毎日諏訪湖沿いの遊歩道でウォーキングもできる。

(みっちゃんにピッタリだ。費用は二十万円弱と高額だが、みっちゃんの年金とシゲちゃんが残してくれた退職金がまだ半分くらい残っているから、何とかなりそうだ。やったー。ここがいい。レイクサイドヴィラという名前だ)

聡子は渓に説明するために早速ホームページをプリントアウトしておいた。

渓が帰ってきてすぐに、

「今日はありがとう。どうだった？」

と聡子に聞いてきた。

「良いお知らせと悪いお知らせがありますが、どっちから聞きたいですか?」

と聡子が言うと、

「おいおい、気を持たせるなー。ドキドキするじゃないか。んー、じゃ悪い方からでお願いします」

と心配そうに渓は聞く態勢を整えた。

聡子は中綱病院でのことを話した。渓は時々「えっ」とか「何それ」とか言いながら真剣な表情で聞いていた。

「なるほど、四面楚歌ってこういうことだな。聡ちゃん大変だったね。ありがとう。まいったなぁ。どうすればいいんだ? でも、良い話もあるの?」

「はい、あります。これです」

とプリントアウトしたレイクサイドヴィラのホームページを聡子が得意げに見せた。

「何これ? 諏訪湖? 旅行でも行くの?」

と渓は怪訝そうな顔で、ホームページに目を通し始めた。

「なんで諏訪湖? みっちゃんにピッタリだ。僕が入居したいくらいだ。よくこんな良いところ見つけたね」

と渓の強張った顔がようやく和らいだ。

「エヘン。すごいでしょ。みっちゃんが、病院のレストランでラーメン食べながら、奇跡的に自分から諏訪の辺りがいいなって言ったんだよ！　それで、帰って必死にネットで探しまくったんだよ」

「すごい。本当にみっちゃんが自分から言ったの？　中綱ではどこもかしこも入居できませんって言われたのに。ここは自立型だから要介護1以上じゃなくても入居できるんだね。しかも医療の連携もしっかり取れている。しかもビックリ、全面レイクビューでメチャクチャ景色いいじゃん！」

渓は元気が出てきたみたいだ。

「少しお値段が高額ですが、何とかなると思います。どうですか？」

「いい。グッド！　ベリーグッド。早速次の休みに見学に行こう」

話はトントン拍子に進んだ。

（捨てる神あれば拾う神ありとはこのことだ。八百万の神様にお願いしといてよかった）

何年かぶりに、聡子は心から安堵した。

道子と一緒にレイクサイドヴィラを見学する日が来た。

渓が「これから行くよ。出かける準備しておいて」と電話すると、道子は昨夜イカの腐ったのを食べたせいでお腹を壊しており、今日は出かけられないとのことだった。

道子がお腹を壊すなんて初めて聞いた。とにかく元気な人なのだ。腹痛はおろか頭痛も聞いたことがないくらいだったので、正直ビックリした。渓は聡子に、

「やっぱり、素敵な施設と言っても見学するのは不安なのかな？　よりによって今日、お腹壊すことないのに。しょうがないなー」

と残念そうに言った。レイクサイドヴィラには見学のアポを取ってあるので、仕方ないから渓と聡子が見学に行くことにした。


中央高速を降りて諏訪市の道路を走っていると、高齢者施設やそれなりに大きな病院がいくつも見えてきた。

「さすが鎌田先生のお膝元だね。こんなに高齢者施設があるなんてすごいね」

と助手席で聡子が言うと、

「鰻屋さんもたくさんあるね」

とキョロキョロ運転しながら渓が答えた。

諏訪湖沿いの道路に出てすぐにレイクサイドヴィラが見つかった。

そこは偶然にも何年か前、二人が道子とプーと一緒に御神渡りを見に来た場所の近くだった。

「ここ、前に来たよね」

「うん、御神渡りを見に来た時はメチャクチャ寒かったけど、今日はいい天気で湖の湖面がキラキラ光って綺麗だね」

渓と聡子はウキウキと話しながらヴィラの駐車場に車を停めた。コロナ禍なのでマスクをしっかりして、入り口でアルコール消毒を入念にしてから、管理事務所に行き声をかけた。

事務所から出てきた職員さんは、保育園の先生がするようなエプロンをしてニコニコしながら、

「お待ちしていました。中綱から遠かったでしょう？　職員の木村と申します。ご案内しますね」

と出迎えてくれた。とても感じがいい人だ。聡子が渓の方をチラッと見ると、聡子以上

にすっかり気に入っているように見えた。これを運命というのか、まだ施設内を見てもいないのに、渓夫婦は二人して「ここしかない」と感じていた。不思議なことがあるものだ。この数年、様々な老人施設をいくつも見学してきた。けれど、こんな感覚は初めてだった。

一階から二階へ上がり、まず、大きな窓の素敵なレストランのような食事室が目に飛び込んできた。一面の諏訪湖ビューだ。食事室の入り口には本日のお昼のメニューが小さな黒板に書いてあった。まるで小じゃれたカフェみたいだ。しかも何だか美味しそうな匂いが厨房の方から漂ってくる。

「今日のお昼は筑前煮と秋刀魚の塩焼きですね。いい匂いでしょう？　近所の旅館の板前さんをしていた方が調理してくれているので、毎食すごく美味しいです。ほら、匂いにつられて入居者さんがメニューの確認に来ましたよ。誰かしら毎日チェックに来るんです」

と言いながら、木村さんは、

「〇〇さん、いい匂いですね。お腹すいちゃうね。でも、まだ十時半だから、お昼までもう少し待っててくださいね」

と優しく入居者のお爺さんに声をかけた。まるで聡子が勤めていた特別支援学校の給食前みたいな光景だった。自校方式の給食は、中休みを過ぎると配膳室から美味しそうな匂

いが毎日漂ってきたものだ。子供たちが匂いにつられて配膳室に近寄ってきて、

「今日はカレーライスだね。美味しそう」

とニコニコ笑顔になったものだ。なんて素敵な光景だ。

次に大浴場を見せてもらった。午前中は要介護の入居者さんの入浴時間とのことで、入り口までしか見られなかったが、普通に旅館の大浴場みたいな佇まいだった。もちろんお湯は諏訪の温泉らしい。午後から夜にかけてが自立部屋の入居者さんの入浴時間帯ということで、「何回入ってもいいですよ」と木村さんが説明してくれた。

道子は中綱に来てから、温泉しか入っていないからまさにピッタリだ。

その後、家族が面会に来た時に泊まれるゲストルームを見学して、今、空きがある二つの居室に案内された。一つは諏訪湖ビュー、もう一つは諏訪湖花火ビューの部屋だった。どちらも良いけどやっぱり年に一回の花火よりは毎日見られる諏訪湖ビューが良い。ということで、諏訪湖ビューの部屋を仮押さえさせてもらうことにした。部屋にはトイレとシャワー室があり、小さなキッチンも付いていた。洋室と畳の部屋が仕切りなしで続いていて、窓からはキラキラ光る諏訪湖と対岸のホテルや遊覧船が見えた。

「こんな良い景色、すごいですね。僕が住みたいくらいです」

上擦った声で渓が木村さんに話しかけた。

「良い景色でしょう？　これがナースコールで、緊急の時に押してくれれば、まず職員が対応して、必要があれば看護師や医師に繋げます。自立の部屋なので基本、職員は部屋の中には入らないことになってます」とのこと。

「ここに洗濯機を置くスペースがありますが、六階にコインランドリーがあるので、そちらを使われている方も多いです。洗濯と同時に乾燥までできるので楽みたいです」

「それは便利ですね。至れり尽くせりだ」

また、渓が興奮気味に答えた。

「母は、今のところ元気なんですが、肺癌で余命一年とお医者さんから言われています。医療面のケアはどうなっていますか？」

と聡子が質問すると、

「それはご心配ですね。連携しているクリニックの先生が月に一度は看護師さんと一緒に往診に来てくれます。今は、コロナ禍なので、高齢の入居者さんが出かけるよりリスクが少ないです。緊急の時には諏訪赤十字病院と連携しているので、そちらでお世話になることもあります」

「それは安心ですね。ありがたいです。それから、母はこの頃認知の方も心配なんですが、大丈夫でしょうか？　認知症と診断されているわけではないのですが」

「大丈夫ですよ。皆さん多かれ少なかれ認知の低下は見られます。ここで一番年長の九十五歳のお婆ちゃんは、認知もしっかりされてますけど。お友達ができたり、ここから習い事に出かけたりして、皆さん活き活き過ごされていますよ。仕事に出かけている人もいますし、自家用車を運転しておられる方もいます」

「仕事ですか？　本当に自立型ですね。すごいなぁ。習い事ってどんなものがあるんですか？」

「お花とかお琴とか、いろいろですよ。この近くに公民館があって地元の人と一緒に参加しているんです」

「それはいいですね。想像以上に自由度が高いですね」

びっくりすることばかりで渓夫婦は感心しきりのまま、木村さんにお礼と、次は本人を連れてくる旨を伝えて家路についた。

帰りの車の中で、この何年か、たくさんの施設を見学してきたけれど、もう他のところは考えられないということで、二人の意見は一致した。月々の支払いが少し高くても、あそこなら納得できると心から思えたのだ。

一週間後、元気になった道子を連れて、渓が再びレイクサイドヴィラを訪ね、本契約をしてきた。道子も諏訪湖ビューにテンションが上がったようだ。

時雨ぞ　冬の　はじめなりける

みっちゃんが二十年ぶりに、電車で東京に里帰りすることになった。

自立型とはいえ、施設に入居したら、簡単に東京には行けないだろうし、肺癌の症状がない元気なうちにと、聡子が渓に提案した。

そんなわけで、十月に入ってバタバタと東京行きの計画を立て、雪野姉さん家族に協力してもらうことにした。

幸いと言っていいのかどうか、コロナ禍のせいで雪野姉さんと姪っ子の二人はリモートワークができるので比較的時間にゆとりがあるようだった。姪っ子が道子に、

〈東京に来たらどこ行きたい？　何かしたいことある？〉

とメールで聞いたところ、

〈んー。わからん〉

との返事だったそうだ。

〈それじゃ予定が立たないから、ちゃんとやりたいこと考えてよ〉

とダメ出しすると、三日後に、

〈紀伊國屋とママ友の優子さんに会うのと、江戸東京博物館に行きたい〉

とメールで返事がきた。

そう言えば道子は、中綱に本格的に移住してきた二十年ほど前には、ただ大好きな紀伊國屋書店に行くためだけに、高速バスに乗って日帰りで東京に行くことがあった。

「あたしゃ、中綱が大好きだけど、本屋が極端に少ないのが唯一残念なんだよ」

と言っているのを何度か聞いたことがある。

高速バスに乗って新宿に行き、紀伊國屋書店に直行し、帰りのバスの時間いっぱいまで、書店内をウロウロして二十冊ほどの様々な本を買って、意気揚々とバスに乗って帰るのが、道子の自分へのご褒美だったみたいだ。今風に言えば『弾丸日帰り本爆買いツアー』

とでも言ったところか。買う本の種類としては、キノコの本、ツキノワグマの本、蝶の幼虫の本、鳥の羽の本、裁判関係の本、俳句のための歳時記など、いわゆる専門書関係が多かったようだ。

ママ友の優子さんは、子育て時代の道子の大親友で、道子より十歳くらい若く、いつ会っても女優さんみたいに綺麗で素敵な人だ。実際、九十歳の道子にとって、仲良しだった人たちの多くは既に亡くなっていたり、施設に入居していたりで、会える人は限られていたのだろう。

江戸東京博物館は、道子の大学時代の友人が創設に関わっていたそうで、以前から一度行ってみたいと思っていたとのこと。ところが、コロナ禍のせいなのか、ちょうどリニューアル工事中で入館できず残念がっていた。

十月某日、道子は自分で車を運転して中網駅の駐車場に停めて、十時過ぎ発のあずさに乗って新宿に向かった。新宿駅のあずさの到着ホームには、姪っ子が待っていてくれることになっていた。初め、道子は一人で東京に行くことにこだわっていた。

「東京ぐらい一人で行けるよ。何十年住んでたと思うの！」

と息巻いていたが、今の道子を一人で東京に行かせることはできないというのが、道子以外の家族全員の総意だった。雪野姉さんの家族は、道子が認知症であるということは認識していなかったものの、年齢なりの老化が進んでいるということは十分理解していた。もう何十年も都内の電車に乗ったことがないこともわかっていた。だからどこかに出かける時は必ず誰かが付き添うように予定を立ててくれていた。二十年ぶりの東京は、まるで道子が浦島太郎になったような感覚だったかもしれない。

府中市にある道子が四十年近く住んでいた団地は、昔のままだった。五階建ての五階に今は雪野姉さんの家族が住んでいる。エレベーターはない。階段でよっこらしょと毎度毎度上り下りしなければならない。けれど駅から歩いて八分というアクセスの良さがお気に入りで、便利な生活を謳歌している。

道子は東京滞在中に、ママ友の優子さんに会う以外に、妹のお久美さんに会ったり、お祖父ちゃんお祖母ちゃんのお墓がある谷中に行ったりした。姪っ子の提案で、江戸東京博物館の代わりに、ジブリ美術館に連れて行ってもらった。道子はジブリには正直そんなに興味はなかったみたいだが、行く途中に立ち寄った井の頭公園が懐かしかったようだ。子供の頃から何度も行った場所だった。

道子が東京に出かけて三日後の夜、渓のスマホに雪野姉さんから着信があった。

「何？　こ、こっせつ？　みっちゃんが？　どこを？　左足の親指？　なんでまた骨折なんてしちゃったの？」

明らかに動揺している様子だった。

「テーブルの角にぶつけて骨折かー。明日帰ってくるの？　確かに、骨折してたらどこにも行けないしね。しょうがないな。うん、わかった。病院行って固定してもらったんだね。それで靴履けないんだ。階段の上り下り危ないしね。聡ちゃんにお迎え頼んでみるよ。じゃあね。——聞こえた？　みっちゃんが骨折だって。よりによってなんで東京で骨折するかな？　今までピンピンしてたのに。それで明日帰ってくるって。聡ちゃん悪いけど車でお迎えに行ってくれないかな」

渓がすかさず聡子に道子のお迎えを頼んできた。聡子は思わず、

「嫌だ」

とはっきり声に出して言った。

実を言うと聡子は、夏のみっちゃん肺癌宣告辺りから、お婆さん恐怖症とでもいうPTSDの症状を感じていた。テレビにお婆さんが映ったりしゃべったりしていると、はっきりと心臓がバクバクするのを感じた。あえて言うなら、世の中のありとあらゆるお婆さんが、聡子に害を及ぼそうとしているような感覚だった。心が苦しいと叫んでいるのがわかった。一年も前から肺癌だとわかっていたのに黙ったままでいた道子に対して、詐欺に遭ったような怒りにも似た理不尽な感情が沸々と湧き上がっていたからだ。そのことは渓にも何回か訴えた。けれど、

「そうなの？」

くらいの簡単な答えしか返ってこなかった。

（やっぱり、渓ちゃんは私のこの苦しさを理解していなかった）

聡子は悲しい気持ちでいっぱいだった。

すると聡子のスマホに、雪野姉さんと姪っ子から、ほぼ同時にＬＩＮＥのメッセージが届いた。

〈明日、みっちゃんを中綱駅に十二時二十分に着くあずさに乗せるからよろしくね。雪野〉〈聡ちゃん、ありがとう。お迎えよろしくお願いします〉

「嫌だって言っているのに、勝手にみんなで私が迎えに行くことにしてるじゃない」

聡子はメッセージを見ながら渓に向かって、持っていたスマホを投げつけた。

「嫌だって言ってるじゃない。なんで勝手にみんなで私にお迎えに行けって言うのよ！　いい加減にしてよ」

「そんなに怒ることなの？」

びっくりして渓が大声を出した。

「お婆さん恐怖症だって何回言ったらわかってくれるの？　安川の家族は、病院に付いて行くのも、施設を探すのも、何でもかんでも嫌なことは私にさせるよね。こんなに苦しいって言ってるのに、なんでせめてあなただけでもわかってくれないのよ」

「でも、骨折しているんだよ。しょうがないだろ。仕事があるんだから僕は迎えに行けないでしょう」

「私が専業主婦だから、何でもかんでもやらなきゃいけないわけ？」

「そんなこと言ってないよ」

「だってみんなで勝手に私が迎えに行くって決めてるじゃない。明後日まで待てば、土曜日だから車で迎えに行ってもいいし、雪野姉さんが車で送ってきてもいいはずでしょ」

「そんなこと言わないで、中綱駅まで行くだけでしょ。お願いだよ」
「大体、みっちゃんの車は駅の駐車場に停めてあるんだよ。私が迎えに行っても、絶対自分で運転して帰るって言うはずだよ」
「確かに左足の親指の骨折だったら、運転はできるな。でも運転させちゃダメでしょ」
結局、聡子の訴えは聞き入れられなかった。

次の日は、よりによって土砂降りだった。誰にも理解してもらえない心臓バクバクの苦しさを抱えたまま、聡子は道子のお迎えに行かざるを得なかった。

（ついでにプーの散歩も済ませればいいじゃないか）と、自分にあえて中綱駅に行く理由を言い聞かせて、聡子は車にプーを乗せて駅に向かった。

すごい土砂降りだった。車を駅の駐車場の、道子の置いて行った車の近くに停めた。骨折と言っても、大きな渓の長靴ならみっちゃんも履けるのではないかと考え、大きな傘と長靴を持って駅の待合室に向かった。

するとと駅の掲示板に大きな文字で、
「あずさ〇〇号　茅野駅付近の倒木により遅延中　当駅到着時刻は未定」

と書いてあった。

（到着時刻が未定なのか。すごい土砂降りだもんね。じゃあ、プーの散歩をしながら待つか）

聡子は駐車場に戻り、車内に待たせていたプーを散歩させることにした。車にのせていたレインハットを被り、レインコートを着て、プーには傘を差しかけて濡れないようにして、一周百五十メートルほどの駅のロータリーをグルグル回った。

歩きながら聡子は、

神無月　降りみ降らずみ　定めなき　時雨ぞ　冬の　はじめなりける

こんな短歌が好きだったことを思い出していた。高校の授業で教わった時、ちょうど、時雨の降る寒い日だったので、よく覚えている。今日は時雨ではなかったけれど、十月の中綱の雨は、十分寒々として身に沁みる。

一周するごとに掲示板が更新されているのではないかと思って、駅の待合室を覗きつつ結局十周ぐらい回ってしまった。

一向にあずさの情報は更新されない。

気がつくと、冷たい十月の雨に、プーはびしょ濡れになりブルブル震えていた。聡子は

慌てて車に戻り、びしょ濡れのプーを、車に積んでいたタオルで拭きながら、

「ごめんね。寒かったね。ごめんね。寒いよね」

と声に出して言いながら思わず泣いていた。

（だから嫌だって言ったじゃない。プーにまで、かわいそうなことをしちゃった。ごめんね。ごめんね）

心臓のバクバクが止まらなくなっていた。

その時、スマホのＬＩＮＥにメッセージが入った音がした。

見ると、リモートワーク中の姪っ子からで、

〈あずさ停まってるね。みっちゃん大丈夫かな？　聡ちゃんお迎えよろしくね〉

（こんな、特急電車が停まってしまうほどの土砂降りの日に、どうして骨折した人をそもそも電車に乗せたのよ。せめて明日までみっちゃんが帰るのを延ばせばよかったんじゃないの？　呑気なもんだ）

聡子はどこにもぶつけようのない怒りと雨に濡れた寒さで、自らもプーと同様ブルブルと震えが止まらなくなってきた。

そんな状態で電車の到着予定時間を一時間ほど過ぎて、聡子は、さすがに情報が更新さ

れただろうと、プーを車に残して駅に確認に行った。掲示板は更新されていなかった。見ると閑散とした待合室には、さっきと同じ所在無さげな数人の人がいた。きっと誰かのお迎えに来て、聡子同様家に帰ることもできずに、オロオロ待つしかないのだろうと思われた。

道子本人からは、聡子の〈大丈夫？　今、どの辺？〉という問い合わせのメールに、〈電車停まった〉と一回だけスマホに返信があった。

「これは、ものすごくヤバい状況だ。認知症かもしれないお婆さんが、いつ動くかわからない電車の中に一人いる。お昼ご飯は食べたのか？　臨機応変に行動することは無理だろう。周りの人に助けを求めることも今のみっちゃんには無理だろう。もしも、今日中に運転が再開されなかったらどうなるのだろう？」

聡子は何回か、メールと電話で道子に連絡したが、一回限りの返信の他、うんともすんとも返事が来ない。渓に連絡して相談しようにも、いつも仕事中はスマホの電源がオフになっている。思わず、窓口の駅員さんに、

「いつ運転が再開されるんですか？」

と詰め寄っていた。何回も同じ質問をされているのだろう。彼は困ったような表情で、

「すみません。わからないんです。連絡があり次第お知らせします。お待ちください」

と力なく答えた。

結局、車に戻ったり、掲示板を確認したりを五、六回繰り返し、気がつくと聡子が駅に着いてから三時間以上経っていた。雨は少し小降りになり、辺りは薄暗くなっていた。四時近くになってようやく掲示板に、「あずさ○○号　松本駅を出発」と更新された情報が書いてあった。とはいえ、いったい何時に中綱駅に到着するのかはわからない。相変わらず、大きな長靴と傘を持って聡子は車と駅の間をウロウロしていた。

四時半を過ぎてようやく「まもなく、あずさ○○号入線します」とアナウンスが入った。

（ようやくだ）

ホッとした聡子は、だいぶ前に買っておいた入場券を持って改札に向かった。構内に入ったが、いったいどっちから道子が来るかわからない。しょうがないので真ん中辺りで左右をキョロキョロしながら待つことにした。電車から降りた人たちが次々と改札に吸い込まれていく。思ったよりたくさん乗っていた。みんな疲れた顔をしている。五分ほど待って、もしかして道子は他の駅で降りてしまったんじゃないだろうかと心配になった頃、ホームの一番端っこの屋根のない方に人影が見えた。傘を差して片足だけ便所サンダルを履いた道子が、足を引きずりながら歩いてきた。

サンダルからは五センチほどの鉄板が飛び出ていた。骨折した親指を固定して保護するためのものだろう。その姿を見て、聡子の心臓が再びバクバクと暴れだした。

（これじゃ、いくら大きいと言ったって、渓ちゃんの長靴が履けるわけがない）

そう思うと苦しかったが、聡子は絞り出すように道子に声をかけた。

「みっちゃん、大変だったね。長靴履けそうもないね。大丈夫?」

骨折した足を心配そうに見ながら、聡子が声をかけると、

「あ、あ、大丈夫」

驚いたような表情で道子が返事をした。

「荷物持とうか?」と聡子は言おうとして、道子をよくよく見てみると、いつもハイキングに行く時に使っている、軽そうな小さいリュックを背負っているだけだった。

（大雨なうえに足の指を骨折しているんだから大きな荷物を持てないのは当然だ。それにしても、多分今回の東京里帰りで一番楽しみにしていたはずの、本屋さんには行けなかったらしい。いろいろな意味で痛々しすぎる）

そんな思いを振り払うように聡子は道子に声をかけた。

「こっちで特急券の払い戻しをしてくれるみたいだよ。切符持ってる？」

「あ、あ、はい」

と答えて、道子は自分で払い戻しの列に並んだ。聡子はその姿を確認して改札の外に出て待っていた。

「二千円も儲かっちゃったよ」

と照れ隠しのような表情で、道子が改札から出てきた。

「お昼ご飯は？　お腹すいたでしょ？」

聡子が聞くと、

「あ、あ、リュックに入ってたカステラ食べた」

「それだけ？　お腹すいたね」

「…………」

二人は、続かない会話をしながら駅の駐車場に向かった。道子が自分の車の方へ足を引きずりながら行こうとするのを、

「骨折してるから、みっちゃんの車はもう一日駐車場に置いておこう。今日はウチの車で

帰ろうね」

　聡子は必死に声をかけて止めた。

　すると道子からは、

「自分で運転して帰る」

　と、聡子が予想した通りの答えが返ってきた。

「そう言うと思ってた。でもみんなが心配してるから。さすがに今日は運転やめようよ」

　心臓をバクバクさせながら、聡子はやんわりと運転をやめさせようと試みた。すると道子は即座に、思わぬ機敏さで返事をした。

「あ、あ、試しに駐車場を運転して一周して見せるから。運転させて」と懇願する。

（そこまで言うのか。そんなに運転したいのか。確かに車がなければ明日から困ってしまうだろう。病院に行くのだって、引っ越し準備をするのだって困ることだらけだ）

　聡子が思い悩んでいるうちに道子はさっさと自分の車に乗って、駐車場内をゆっくりぐるっと運転して回って見せた。そうして聡子の横で停まって、車の窓だけ開けて、

「じゃあね」

　と言い残して、駐車料金支払い機に向かって行き、手慣れた様子で料金を支払い、駐車

場から出て行ってしまった。

一人、小雨の降る、駅の駐車場に残された聡子は茫然と立ちつくしていた。

(だから、みっちゃんのお迎えは嫌だってあんなに言ったのに、いつもいつも安川の家の人たちは嫌なことを私に押し付けてくる)

もはや聡子には、渓も含めて安川の親族皆が敵に思えた。

(私を守ってくれる人は誰もいない。ボケたみっちゃんの尻拭いばかりさせられる私って、いったい何なのだ？　それでいて当の本人のみっちゃんは、社会性がどんどん薄れてきているから、土砂降りの中、三時間も待っていた私に、ありがとうでも、ごめんねでもなく、さっさといなくなってしまった。いくら疲れているからってひどすぎない？　やっぱりお迎えなんてしなきゃよかった)

ここ数年にわたるたくさんの道子への違和感が降り積もって生まれた、聡子の頭の中のグルグルは、とうとう決壊して、心臓のバクバクに、はっきり取って代わっていた。

冷たい十月の雨の中、身も心もすっかり凍えて、悲しいでも辛いでもなく、ただただ苦しい思いに覆い尽くされた聡子だった。

黄昏症候群

みっちゃんが引っ越しの準備ができるか心配だった聡子は、簡単な引っ越しマニュアルを作った。レイクサイドヴィラへの入居は一ヶ月後だった。

聡子は優先順位をつけて二十項目ほどのやるべきことをまとめた。道子にそれを見せながら説明すると、

「わかった。できる」

道子もやる気満々な様子で受け取ってくれたので、何だか安心した。

項目の一番は、冷蔵庫の中を片付けて空っぽにする。自分の引っ越しの経験と、道子の家の冷蔵庫のことを考えると、どうしてもそれが一番だった。それは一人暮らしなのに民宿のキッチンにでもあるような大きな冷蔵庫で、常にパンパンに物で溢れ返っていることを知っていたからだ。シナノコープから毎週届く食材が溜まりに溜まって、奥の方には何

があるのかきっと把握できていないはずだ。だからこの間も腐ったイカでお腹を壊したのだ。できると言ったけど、これまでできなかったのに、本当にできるのか、手伝うべきか心配だった。

「一人でできる？　手伝うことあったら言ってよ」

と聡子が言うと、

「まだ一ヶ月もあるからボチボチやるよ。大丈夫」

珍しくシャッキリした表情で道子は答えた。

それから、引っ越し業者の選定や新居に必要な家具家電をどうするかなど、考えるべきこと、決めるべきことがたくさんあった。シゲちゃん荘の家具はほとんどが大工さんの造り付けなので、持っていけるものはほとんどなかった。家電も冷蔵庫や電子レンジなど持っていければいいのだけれど、あまりに大容量なので、ヴィラの部屋には持っていけそうもない。おまけに道子は余命一年と宣告を受けており、いつ自立型の部屋から介護の部屋に移ることになるか予測ができない。そうなると、それらの物もすぐに不必要になってしまう。さすがにそんなことまでは道子に言えないので、渓と聡子で相談して準備を進めた。現実的に考えると、ほとんどの物はレンタルするのが良さそうだった。

ヴィラに入居する一週間前に、引き続き使えそうだった洗濯機をシゲちゃん荘の二階から渓と聡子で下ろすことになった。その作業の様子を見ながら、道子は、

「あたし一人でできるよ。二階に持ち上げたのも、あたし一人でやったんだよ」

と得意そうに言っていた。

「そんなわけない。僕と聡ちゃんでヒーヒー言いながら、階段の途中で何回か休憩しながら下ろしたんだから。電気屋さんがやったに違いないのに、これを一人で持ち上げたと得意げに言うなんて本当にボケてるなー」

渓が小さい声でぼやいた。

道子がヴィラに持って行く荷物は、渓が目安に敷いた畳一畳分のシートの上に載るだけの物だった。

「荷物できたの？　大事な物持った？」

渓が道子に確認すると、

「あ、あ、まだまだ」

「はあ？　何言ってるの？　もう明後日引っ越し業者が来るんだよ。今まで何してたのよ？」

「あ、あ、お別れ会だよ」

「何？　毎日お別れ会はないでしょ」

「あるの！　これから荷物作ります」

「もう、やってよ。頼むから。手伝うことあったらやるって何回も言ってるでしょ。言ってよ。大きなゴミや家電はゴミ処理業者に頼むから、とにかく身の回りの片付けや生ゴミの処分はちゃんとしてよ」

「あ、あ、はい」


その次の日から、なぜか夕方四時頃になると、道子が聡子を訪ねて毎日来るようになった。用があるというわけではないようだった。これまでそんなことはなかった。出かける約束をしていたり、リンゴやお餅などお届け物がある時以外、道子が約束もなく来ることはなかった。ウォーキングのついでに寄りましたという体で、

「ちわー」

と訪ねてきて、渓宅の玄関の階段に二人で座り、とりとめのない話をした。

ある日は、「熊の親子が温泉街の森林劇場に入り浸っているんだって。怖いねー」とか、またある日は、「今年の紅葉は見事だったね。特にカラマツの金色に光る葉っぱが、パラパラーって降ってくるのが、素晴らしかったよねー」とか、「そう、家の前の道なんて、カラマツの落ち葉でゴールドのカーペットみたいだったよ」とか、どちらからともなく、中綱の美しい秋について話していた。十分ほど話して、「またね」と帰って行った。

そんな道子の様子が気になって、仕事から帰ってきた渓に聡子が話すと、

「確かに珍しいな。用もないのに来るなんて、寂しくなったのかな？　しかも散々迷惑かけた聡ちゃんに毎日会いに来るなんて。大丈夫かな？」

渓も何となく不安そうだった。


あとでわかった。これは黄昏症候群という症状だ。強い不安や辛いことがあったり、手持ち無沙汰な心細い状態だったりすると、夕暮れ時に徘徊したり、不思議な行動をすることがあるという症状だ。

それは、聡子が信大病院に入院していた時に、同志とも言える同じ癌患者の友人から教

えてもらったことだ。彼女はまだ三十代前半で婦人科系の癌の治療のため入院していた。なんと福島県からわざわざ信大病院に通院し、入院していたのだ。待望の赤ちゃんができてすぐに癌が見つかったため、まずは出産して、その後すぐに癌の治療をするという方針で、遠く福島から来ていた。なので出産してすぐに赤ちゃんを旦那さんのお母さんに託して、自らは辛い辛い抗癌剤治療、放射線治療、リハビリに取り組んでいた頃だった。

ある日雑談をしていると、聡子にスマホの赤ちゃんの写真を見せてくれた。まだ生後六ヶ月だというその子は男の子で、丸々太って五月人形の金太郎さんみたいに可愛かった。

「この子がねー、お義母さんが言うには毎日、夕方になると泣き出して、ずーっと泣きやまないんだって。いつもは手のかからない、いい子らしいんだけどね」

「本当のお母さんに会いたいんだね」

何気なく聡子が言うと、彼女は教えてくれた。

「そうなの！　そうらしいの。黄昏症候群って言うんだって。小さくてわからないながらも、夕方になると何だか悲しくなるのかもね……」

あまりの切ない話に、その時の聡子は、彼女にかける言葉もなく、涙を堪えることもできず、ただ黙って彼女の隣に座って泣くしかなかった。

（みっちゃんの黄昏症候群は、私のところに来て話すことだったのか、悲しいね。赤ちゃんだってお婆さんだって関係なく、黄昏時の淋しい空気が、寄る辺ない心に忍び寄ってくるんだね）

聡子はやるせない思いに胸が塞がる思いだった。

どんぐり　落ちた

みっちゃんの暮らすシゲちゃん荘に向かう林の道は、十月に入ってどんぐりが降ってくるようになった。落ちてくるなんて可愛いものではない。まさに降ってくるというレベルの迫力だ。聡子とプーが散歩で、スキー場に向かう市道から林の道に曲がった途端、

コンコン、ゴン
トントン、ドコン
ボタボタ、ボトボトボト

といろいろな音が聞こえてくる。

それは大小様々などんぐりが二十メートルはありそうな高い木の上から、各家の屋根に落ちて当たる音だ。大きいものは甘栗くらいの大きさで、小さいものは小豆粒ほどなのだが、風が吹くとそれらが一斉に降ってくる。

聡子はプーに、

「キャー、これじゃ、ヘルメット被らないと散歩もおちおちできないねえ」

と声をかけながら、そのどんぐりの大合唱を聴きつつ歩くのが、秋の初めの楽しみだ。


そんな頃、道子の引っ越し準備が進んでいた。

レイクサイドヴィラにかかる経費は何だかんだ毎月二十万円ほどになる。それが引き落とされるとなると、銀行の口座に相当の残額が必要になる。というわけで道子のいくつかの銀行口座を統合することにした。ある銀行の口座を解約して、別の銀行に一千万円以上あった残金を移さなければならない。

そのことを説明して、

「僕がやるから、通帳と印鑑貸して」

と渓が道子に話すと、

「あ、あ、私がやる」

「無理だよ。この頃すごく危なっかしいからやらせられないよ」

「やる。できる。できるからやらせて」

道子はどうしても自分でやりたいと言い張った。仕方なく、地元のいつも三十万円ずつカードでお金を下ろしてきた銀行ということもあって、渓は渋々同意した。

「心配だから、あとで通帳見せてよ。確認するからね」

と不承不承道子に任せた。

ところが案の定、その日の午後、道子から電話がかかってきた。

「あの、あの、通帳と印鑑、銀行に忘れてきたから探してきて」

「えっ、なんだって？　ほら、言ったでしょ。もうどうするのよ。ちゃんと探した？」

「あ、あ、金庫も黒いバッグにも車の中にもない。全部探した」

「一千万円以上消えちゃったかもよ。レイクサイドヴィラに入れなくなるよ……。わかった。行ってみる」

さすがの渓もオロオロしながら電話を切った。そのやりとりを聞きながら聡子は必死に考えた。

（でも、よく考えたらおかしい。○○銀行で解約して、そのままそのお金を△△銀行に振り込んだはずだ。そこで忘れたのなら真っ先に銀行から連絡がくるはずだ。おかしすぎる。もしかしてあの箱に入ってるかも）

ピンと来た。道子が引っ越しすることになった時、片付けが難しいだろうと考えて、大事な物を入れるボックスを作ってあった。片付けしながら思い出の写真や大切な物が散逸しないように、その都度大事ボックスに入れるように聡子から話してあった。

「ねえ、渓ちゃん、もしかして大事ボックスに入ってるんじゃないの？」

「さすがにそこも探したでしょ。でも、聞いてみるか」

道子に電話すると、すぐに探す音が聞こえてきて、

「あっ、あった。あったよ」

と返事がきた。

「もう、寿命が縮まるよ。勘弁してよ。よかったー」

本当によかった。大ごとにならなくてよかった。ヒヤヒヤものだ。

その同じ日、久しぶりに聡子の実家の兄嫁から電話がかかってきた。挨拶もそこそこに、

「ねえ、みっちゃん大丈夫？」

「えっ？　肺癌だけど元気だよ。大丈夫」

「そうじゃなくて、ボケているんじゃないの？　うちにお中元が三回も届いたんだけど」

「はい？　三回？」

「そう、三回。まあ、うちはありがたいけど。八月に桃が届いて、次にオイルセットが来て。この前輪島の干物セットが届いたんだよ。さすがにおかしいでしょ」

「おかしいね。おかしすぎるね。ボケてるかも」

ボケているのだ。聡子の実家だから教えてくれたけど、きっと他の家にも三回ずつ届けたに違いない。シナノコープでお中元の注文用紙が届くたびに記入して提出し、そのことを忘れてまた注文し、もう一回注文したということだろう。いやはやまいりました。


それからレイクサイドヴィラに提出する書類として、道子の住民票が必要になった。聡子が取りに行くと言ったのだが、また道子が、自分でやりたいと言い張った。今度はお金ではないし、そこまで危険ではないから任せることにした。

するとまた案の定、またまた道子から恐怖の電話がかかってきた。

「あの、あの、市役所に住民票を取りに行って、コピー機でコピーして免許証忘れてきたみたい。免許証探しに行ってきて」

「う、うん。いいけど、ちゃんと探した？　また大事ボックスに入ってない？」

「ない。全部探した」

しょうがないので聡子が市役所に探しに行った。まずコピー機を確認したらさすがになかった。もう三時間以上経っているんだからそりゃ無理だ。仕方ないので受付に行き、

「すみません。安川道子の運転免許証、忘れ物で届いていませんか？」

「届いてないですね。どこに忘れたんですか？」

受付のお姉さんが心配そうに聞いてきた。

「あそこのコピー機に忘れたみたいなんですけど、すみません、もし届いたら、安川道子本人ではなく、家に連絡ください。私は嫁の安川聡子です」

と聡子の免許証を見せて、家の電話番号を教えて帰ってきた。車で道子のところに向かいつつ、よーく考えてみた。

（コピー機に忘れたって言うんだから、もしかしてコンビニかもしれないな。市役所のコピー機と勘違いしているんじゃないの？　いや、コピーで勘違いする場所と言えば、あそ

こだ）またピンと来た。

シゲちゃん荘に着いて、道子への挨拶をさっと済ませ、プリンターに飛びついてカバーを開けてみた。あった。免許証があった。道子は自分のプリンターでコピーして、そのまま忘れてほったらかしてあったのだ。まあ、あったから、とにかくよかった。


次の日曜日、道子の引っ越しまであと数日に迫っていた。道子からのメールを見て、渓がギョッとして大声を出した。

「ヤバい！『シゲちゃんがいない』ってみっちゃんが書いてきたぞ。とうとう妄想が出てきたのかな？　シゲちゃんは三十年以上前に死んだんだからいなくて当たり前だろ。怖～。だめだ。メールじゃ埒《らち》が明かない。電話してみるか」

「もしもし、みっちゃん？　シゲちゃんがいないってどういうこと？」

「あ、シゲちゃんの遺骨がなくなった。どうしよう。渓ちゃん探しに来て」

「何？　遺骨か。また大事ボックスに入れて忘れたんじゃないの？」

「あ、あ、違う。大事ボックスにはいない」

「遺骨のシゲちゃんが勝手にどこかに行くはずないでしょ。ちゃんと探してよ」

「探した。でも、いない」

「わかった。行くよ。行って探すよ」

そう言って力なく渓は出かけて行った。

渓の父親である茂《しげる》は、三十年ほど前に癌で亡くなった。中綱でお墓を造るつもりで遺骨をそのまま東京から持ってきて、山の道具と一緒に棚に飾ってあった。ピッケルやカラビナ、錆《さ》びたアイゼンなどと一緒に若いシゲちゃんが多分、槍ヶ岳山荘の前で槍ヶ岳を背景にポーズをとっている写真と一緒に安置してあったはずだ。それが勝手にどこかにいなくなったと言うのだ。ホラー映画みたいだ。

しばらくして、渓から聡子のスマホに電話があった。

「シゲちゃんいました。どこにいたでしょう？」

「クイズ？　勿体ぶらないで教えてよ」

「ジャーン。金庫にいました。百名山のピンバッチと一緒に隠れていました」

「よかった。怖かったね」

「ホラーだよ。ホラー。自分で金庫にしまって、すっかり忘れて騒ぐんだから。まいるよ。心配したでしょ。ごめんね」

そんな道子のドタバタ引っ越し作業の日々だった。ボトボト降ってくるどんぐりの音と共に、しみじみゾワゾワする日々だった。

エピローグ　黄昏悲し

みっちゃんがレイクサイドヴィラに行く日が来た。

道子からのメールで昨日、婦人会仲間が十人ほど来て、引っ越し作業を手伝ってくれたらしいと渓が言っていた。聡子はさぞかしどこもかしこもピカピカになっているだろうと、期待しつつシゲちゃん荘に向かった。


シゲちゃん荘に入る前にまずビックリした。

庭にあったはずの大きな紅葉の木や、地元の人がタムシバと呼ぶ、こぶしに似た白い大きな花が春先にたっくさん咲くすごく大きな木がなくなっていたのだ。

「あっ、あれっ。どうしたの？　タムシバなくなっちゃった！」

と思わず聡子が大きな声を出すと、渓が、

「ほら、見て、丸太になっちゃってるよ。また、みっちゃんやらかしたな。誰かにお金払って伐採させたんだな。家の片付け業者が全部やるから大丈夫ってあんなに言っておいたのに、なんでだよ」

その声が聞こえたのか、玄関から慌てて出てきた道子が、

「おはよ。切ってもらった。さっぱりしたよ」

「さっぱりじゃないよ。いくら払ったの？　何十万円も払ったんじゃないの？」

渓が絶望的な顔で道子に詰め寄った。

それと言うのも、先日ご近所の大きなモミの木を業者さんが切っている時、渓がいくらぐらい払えば伐採してもらえるのか聞いてみたところ、作業代として大きな木ならおよそ一本二十万円と話していたからだ。

「あ、あ、忘れた」

「またか。忘れるわけないでしょ。だってつい二日前来た時、まだ切ってなかったよ」

「わからん」

道子は、しらばっくれる気だ。

だけど、今日はレイクサイドヴィラに行くことが最優先だ。聡子は渓を促して一旦、シ

ゲちゃん荘の中が片付いているか確認することにした。

入って、またまたビックリした。

片付いているどころか、以前よりぐっちゃぐちゃだった。畳一畳分の大きな掘り炬燵の上なんかは、雑多な物で溢れ返っており、まるでゴミ屋敷だ。おまけに大きなケーキ屋さんの箱に、でっかいシュークリームが八個も入っていて、蓋が開けっ放しだ。

「これ、どうしたの？」

と渓が聞くと、

「あ、あ、お友達がくれた。食べる？」

「はあ？　食べる？　じゃないよ。今日引っ越すんだよ。片付くどころかゴミ屋敷じゃないか」

「そうか」

「しかもすごい埃っぽい。昨日婦人会の人たちが来てくれたんじゃないの？　なんでこんなに、きったないんだよ」

「あ、あ、あの人たちは二階の片付けしてくれたんだよ」

「それにしても、掃除機くらいかけなかったの？　すごい埃だよ」

聡子が割って入ると、

「あ、あ、掃除機壊れた」

「えっ？　壊れたって、あそこに転がってる掃除機？」

「そう、あれ」

「もう、言ってくれれば掃除機ぐらい家から持ってきたのに、言ってよ」

と文句を言いながら聡子が掃除機を確認すると、ゴミの紙パックを入れようとして入らなかったようで、「純正」と書かれた新しい五枚組のゴミパックも一緒に転がっていた。その一枚を取って入れてみると、パコンとすんなり入ってスイッチを入れると、普通に掃除機が動き始めた。気持ちいいくらい、そこらじゅうに固まった埃をグングン吸い始めた。

「壊れてないじゃん。ゴミパックが入ってなかったんだよ」

聡子が掃除機をかけながら言うと、

「あ、あ……」

道子が言い淀んだ。

その時、聡子はまたまたピンと来た。

（四、五年前から、テレビが壊れた、電話が壊れた、パソコンが壊れたなどなど、信じられないくらいの頻度で、次々とあらゆるものが壊れたとみっちゃんが言っていたのは、こういうわけだったのか！　壊れていたのは電化製品じゃなくて、みっちゃんの方だったのだ。今まで普通に使えていたものが、ある日突然使い方がわからなくなってしまっていたのだ）

悲しかった。よりによってそのことに今日気がつくなんて。

自己嫌悪で図らずも涙が出そうになった。

（もっと早く気がついていれば……こんなに日常生活が困難になっていたなんて。みっちゃんが大丈夫、自分でできると言っていたのを鵜呑《うの》みにして見過ごしていた。できないこと、困っていることはたくさんたくさんあっただろうに、なんてことだ。もっと早くレイクサイドヴィラに入居させてあげればよかった）

聡子が一人後悔していると、渓が二階で「ぎゃーっ」と叫んだ。

「どうしたの？」

と声をかけると、

「一階よりもゴミ屋敷だぞー。アルバムや本なんかが散乱してる！」

「えっ、どういうこと？　昨日婦人会の人たちが来て片付けしてくれたんじゃないの？」

「片付けるどころか、納戸の中の物を引っ張り出して部屋に散乱させて、ぐちゃぐちゃにしたまま帰って行ったみたいだな」

「そんなことある？」

と言いながら聡子も二階に上がって驚いた。

足の踏み場もないくらい、様々なものが散らばっていた。少しまとめようと試みた形跡はあったが、紐で結ぼうとして結ばずにそのままほったらかしてあった。

「もしかして、みっちゃんの婦人会のお友達って、みっちゃん並みに揃いも揃ってボケてる人たちなんじゃないの？」

渓が暴言を吐き出した。

そんな訳はない。婦人会の皆さんはみっちゃんのことを、きちんと且つしっかりした人だと思っていたはずだ。そのみっちゃんが引っ越すというので、善意で片付けに来てくれたのだ。しかし、いざシゲちゃん荘に来てみたら、あまりのごちゃつきぶりに恐れをなして、シュークリームだけ置いて、早々と退散したに違いない。

とはいえ、今日はみっちゃんをレイクサイドヴィラに連れて行かなくてはならないのだ。

気を取り直して聡子は、二階の押し入れの横に造り付けになっている洋服ダンスを開けて、忘れ物がないか確認することにした。

「あれっ？　みっちゃん、ほとんどそのままじゃないの？　このダウンお気に入りのでしょ？　持っていかなくていいの？」

と一階でぼーっとしていた道子に声をかけると、

「いらない」

と言葉が返ってきた。

「いるよ。諏訪だって、冬はすごく寒いんだよ。これもこれも、みんないるよ」

「いらない」

「いるってば。朝ご飯食べに行くんだって、シゲちゃん荘みたいにパジャマのままっていうわけにいかないんだよ。ちゃんと顔洗って、着替えて食堂に行かなくちゃいけないでしょ。あんな素敵な食堂にヨレヨレの格好で行けないでしょ。みんなに嫌がられちゃうよ」

道子がいらないと言った服を、ちょうど転がっていた旅行用のボストンバッグに詰め込みながら、小学生に言うみたいに、なるべく優しく言った。

「そう？」

「そうだよ。みんないるよ。レイクサイドヴィラの洋服ダンスに掛けられるようにハンガーも一緒に入れておくからね」

「あ、あ、わかった」

（ようやく、わかってくれたのか）

聡子がほっとしたのも束の間、また渓が、今度は一階から「ぎゃーっ」と叫び声を上げた。

「今度は何よ」

階段を下りながら聡子が声をかけると、渓がキッチンで騒いでいた。

「冷蔵庫の中見てごらん。すごいよ」

「すごいってピカピカってこと？」

言いながら冷蔵庫を開けると、確かに「ぎゃーっ」だった。

ほんの少し、以前より隙間がある気がしたけど、それにしても、大きな冷蔵庫いっぱいに、食材が入ったままだった。

「ヤバい！　ガス屋さんがお昼過ぎに撤収に来ちゃう。水は出るけどお湯は出なくなるよ。これ捨てて洗っておかないと、クリーンセンターに持っていけないよ」

「もう、いい加減にしてよ。これ全部？　瓶詰めだけでも何だかんだ三百くらいあるよ。どうしてこんなに梅やらオリーブやら瓶詰めがあるんだ？」

「片付け業者がいつ来るかわからないし、とりあえず生ものは捨てて、容器は綺麗にしてクリーンセンターに持っていけるようにしないとダメだよ」

そう言いながら聡子が、キッチンの流しにザルを置いて瓶の中身を捨てながら、聡子の隣で渓が湯沸かし器のお湯でジャージャー洗うという作業をひたすら一時間以上頑張った。その間道子は何を言うわけでもなく、何かの本を見ていた。

「泣けるね」

「涙も出ないよ。こんなひどいことになっているなんて。自分でできるってずっと、ずーっと言っていたのに、やっぱりメチャクチャボケてたんだね。はー。とほほ」

ぼやきながら二人でできる限り生ゴミを片付けた。そうこうしているうちにもう十一時を過ぎていた。部屋に散乱しているゴミはまた後日ということにして、とにかく、レイクサイドヴィラに道子を連れて行かなくてはならない。途中でお昼ご飯を食べることを考えると、もう限界の時間だ。

車に、ボストンバッグや、さっきの掃除機、シゲちゃんの遺骨、金庫なんかを積んでいると、ご近所の人がお別れを言いに来てくれた。

「みっちゃん、元気でね」

「あたしゃ、肺癌だから、ぼちぼちね」

「諏訪湖でしょ。春になったら、みんなで会いに行くからね」

すいとんパーティー仲間の横田さんが涙ぐみながら道子に声をかけた。

「あ、あ、そう諏訪湖だよ。またね」

そんなこんなでバタバタの末、道子は渓の運転する車でレイクサイドヴィラに向かって行った。聡子は残って、引き続き片付け作業をした。

途中の道の駅で、道子の大好きなラーメンを食べてから、諏訪湖に向かった。

中央高速で右に綺麗な常念岳《じょうねんだけ》をチラッと見ながら、渓は意を決して、

「みっちゃん、本当はだいぶ前から、すごくボケてたんでしょ?」

と道子に初めてストレートに聞いてみた。

「うん、ボケてる」

道子も初めて素直に答えた。

「そんなに車を運転したかったの?」

「そう」

「頑固だなー。事故を起こさなくて本当によかったね。ここ何年も、僕も聡ちゃんも生きた心地しなかったよ」

「あ、あ……」

道子は初めてボケていることを認めたけれど、それ以上何も言葉は出てこなかった。

レイクサイドヴィラに着いて、荷物を運んだり、施設の皆さんに挨拶したりした。部屋にはレンタルのベッドや小さい冷蔵庫などが設置してあった。この間買い替えたばかりの4K大型テレビを繋げたり、カーテンを付けたりしているうちに、いつの間にか四時を過ぎていた。

「見て! みっちゃん、すごい夕焼けだよ。綺麗だなー。こんな綺麗な夕焼け見るの久しぶりだよ。東京以来かな? 中綱では北アルプスが大きすぎて夕焼けになる前に日が暮れちゃうからね。諏訪湖に夕焼けが映って、メチャクチャ綺麗だよ」

渓が、興奮して声を上げた。

その声につられて、道子も窓の外を眺めてみた。ゆらゆら揺れる諏訪湖の水面に茜色の夕陽が映って、まだら模様に見える。それは湖の上を吹き過ぎる秋風のせいなのか、知らずに溜まった涙のせいなのか、もはや道子にはわからなかった。

まだらなる　黄昏かなし　諏訪の湖《うみ》　　吉良渓子　改め　安川道子

こんな句が自然に浮かんできた。


一方、聡子はシゲちゃん荘で一人、ゴミと格闘していた。家の中があまりにも埃っぽいので、仕方なく開け放った窓から十一月の冷気が容赦なく入り込んできた。風が吹くとカラカラに干からびた紅葉の落ち葉が舞い込んできたりもした。風流と言えば実に風流だ。

聡子はガス屋さんが来る前に、道子の忘れ物がないか確認しておくことにした。もしかして、現金や通帳を忘れていったかもと、宝探しみたいな気持ちもあった。電話機下の小引き出しを一段ずつ確認していくと、綺麗な生チョコの箱が出てきた。

(まさか生チョコは入ってないよね)

恐る恐る開けてみたら驚いた。そこには、以前聡子や孫の美波が道子にプレゼントした、細々した物がきちんと片付けられて入っていた。山桜の生花が閉じ込められたアクリルのペーパーウェイト、美波が小学生の時に絞り染めをしたハンカチ、能登に一緒に旅行した時に体験で作った輪島塗の箸、イタリア土産のトンボのブローチなどなどだ。箱の内側には「思い出箱」と筆ペンで綺麗な文字で書いてあった。思わず聡子の目から涙が溢れてきた。

（みっちゃん、忘れたくないものをここにしまっていたんだね。だけど、しまったことを忘れて置いて行っちゃったんだね）

切なくてやるせなくて、いたたまれない気持ちだった。

（これで終わりではない。これからが始まりなのだ。みっちゃんが何でも忘れてしまうのなら、せめて私だけでも覚えておこう）

涙しながら聡子はこんなことを考えていた。

完

あとがき

『まだらな黄昏』は、私の大切な家族が、この数年の間に経験したことを基にしたお話です。

人類は、日本は、未曾有の超高齢化社会を迎えています。人類が誰も経験したことがない超高齢者だらけの社会は、今現在どうなっているのでしょう？　これからどうなっていくのでしょう？

あなたは、自分が九十歳になった時のことが想像できますか？

自分の家族が九十歳になった時のことを想像できますか？

私の周りには、ちょっと考えただけで五人もの、夫を亡くした九十オーバーのおばあさんがいます（ダジャレ）。みんな体は元気です。でも揃って認知症です。誰でも健やかな老後を過ごしたいと願っているでしょう。けれど頭も体も、バランス良く健やかに過ごせる日々は、あっという間に過ぎ去ります。

あなたは、あなたの大切な人は大丈夫ですか？

この物語が、読者の皆さんにとって、身近な高齢者のことを考えるきっかけになれば幸いです。

最後に、素人のつたない文章を、丁寧に編集してくださった文芸社の皆様に感謝です。

そして、本書出版にあたり協力してくれた家族に感謝の気持ちを伝えたいと思います。

ありがとう。

著者プロフィール

檜沢 木音（やりさわ きょん）

1961年、静岡県生まれ
東京都公立小学校特別支援学級教員として勤務
長野県に移住、現在住

まだらな黄昏《たそがれ》

2025年1月15日　初版第1刷発行

著　者　檜沢 木音
発行者　瓜谷 綱延
発行所　株式会社文芸社
〒160-0022　東京都新宿区新宿1－10－1
電話　03-5369-3060（代表）
03-5369-2299（販売）

印刷所　株式会社エーヴィスシステムズ

ISBN978-4-286-26147-8